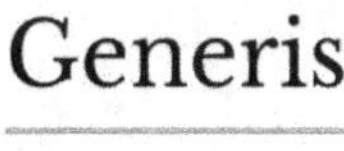

AF409974

# Le village éprouvé par le feu

*Joseph Kolèmou*

Roman

**CIP a Camerei Naționale a Cărții**

**Kolèmou, Joseph.**

Le village éprouvé par le feu: Roman/Joseph Kolèmou., Generis Publishing, 2020
(Print on demand). – 74 p.

ISBN: 978-9975-3318-1-4

821.133.1(665.2) -31

K 69

Cover Image: www.pixabay.com

Online orders: www.generis-publishing.com
Orders by email: info@generis-publishing.com

# 1 - La vie communautaire dans le village

Le vieux Tahé était dans le bonheur et plein de joie, lorsqu'il s'est fait bien entourer par ses petits-fils venus en vacances au village. Fièrement assis sur sa vieille chaise de bois en ébène, placée en plein air au centre de sa concession familiale, sous le ciel constellé d'étoiles, il ne cessait de remercier le ciel et ses ancêtres. Marie, la plus petite, était admise à l'examen de passage en 7$^{ème}$ année, Jacques passait en 10$^{ème}$ année et André allait en terminal. Il voulait se familiariser davantage avec eux. C'est pourquoi, son fils Paul, soucieux de la bonne éducation de ses fils, trouva bon de les faire partir à l'occasion privilégiée des vacances. Le vieux Tahé s'était effectivement engagé à participer à la formation humaine de ses petits-enfants. En sa qualité de grand-père, il était conscient de ses devoirs de vigilance, de conseil et de guide. Aussi, s'était-il dévoué, corps et âme, à poursuivre l'œuvre de ses devanciers. La chaîne de communication ne devrait jamais se rompre avec lui, au risque de se voir abandonner ou de souffrir d'un mauvais sort de la part de ses ancêtres. Assurément, il savait que son initiation traditionnelle le prédispose afin de réussir dans l'accomplissement de sa mission. Ainsi, son âme pourrait se reposer en paix auprès de ses ancêtres.

En cette nuit, les étoiles brillaient de tous leurs éclats, qu'on se croirait à la lueur du jour. Cependant, il faisait encore chaud à cause du changement climatique, une chaleur récurrente, alors qu'il y a belle lurette le soleil était déjà couché. Le grand-père et ses petits-fils portaient chacun en main un éventail pour se ventiler et à même temps pour chasser les moustiques qui voltigeaient au tour d'eux. Le vieux Tahé promit de parler du réchauffement climatique à ses petits-enfants les jours suivants. Le village était relativement calme en cette nuit de chaleur. Les épuisements des travaux champêtres amènent souvent les villageois à regagner tôt le lit, afin qu'ils soient en bonne forme le lendemain matin. A cause de l'utilisation des instruments de travail rudimentaires, tels que le coupe-coupe, la daba et la hache, les paysans fournissent trop d'effort pour peu de rendement. Par contre, comme à l'accoutumée, les enfants du village se plaisaient à chanter, à danser et à jouer au clair de lune. Un village qui laisse place à sa jeunesse, afin qu'elle s'épanouisse dans la sécurité et dans un environnement bien apaisé. Aussi, ces contacts permettent-ils aux enfants, dès le jeune âge, à mieux se connaître, à vaincre la peur de l'autre, à s'aimer les uns les autres, à s'entraider, à développer leurs aptitudes morales, artistiques, intellectuelles et physiques.

En cette nuit bien étoilée, le vieux Tahé dit à ses petits-fils : je suis vraiment émerveillé par votre présence parmi nous. Vous avez quitté la capitale pour venir au village. Moi, je ne connais pas les mouvements ou les conditions de vie dans une capitale. Je serais heureux que vous m'en parliez, mais comme vous êtes présentement en vacances au village, je préfère vous parler de la vie communautaire dans notre village. C'est d'ailleurs le motif de votre venue.

En effet, poursuit-il, les ancêtres dont nous descendons savaient bien que le village rassemble. Ils privilégièrent l'esprit communautaire. C'est pourquoi, ils l'ont choisi à l'exclusion du model capitaliste qui donne la préférence à l'individu. Ces deux modes de vie des hommes génèrent des comportements typiques dans la réalisation d'un progrès technique, par lequel l'homme se rend maître de la nature et d'un progrès social et moral par lequel l'homme préserve son âme.

Notre village, dit-il, fut fondé par un chasseur appelé Lozopé sur l'instruction du génie de la montagne située à proximité du village. Il est dit sur l'histoire du village, qu'un jour, Lozopé, le chasseur, un homme courageux et bien battu, s'aventura loin de son habitation pour aller chasser du gibier dans une grande forêt dense entourée par des collines, des vallées et d'une montagne d'où habite un génie. Ce lieu était une excellente terre agricole. Il est traversé par un grand fleuve, des marigots et rivières qui prennent leurs sources dans les massifs montagneux. Sur le parcours du fleuve et de quelques grands marigots s'étalent de longs bas-fonds, à perte de vue, propices aussi à l'agriculture.

Le premier jour de la chasse dans cet endroit de forêt primaire, Lozopé trouva deux grands gibiers en accouplement. Il refusa de les tuer pour sauvegarder leur vie dans cet état. Il rentra bredouille ce jour. Une seconde fois, après quelques mois, il revint sur ses pas en cet endroit. Il y trouva la femelle du gibier en gestation très avancée, marchant à peine. Leurs yeux se croisèrent et bien qu'il eût l'occasion facile pour l'abattre, il sauvegarda sa vie dans cet état. Au bout de trois mois, il repartit sur les lieux et trouva la femelle du gibier en train de faire la mise-bas. Pris de compassion, il épargna encore la vie de celle-ci. La nuit, pendant son doux sommeil, une vieille personne chenue se présenta à lui. Elle lui dit : je suis le génie qui habite la montagne à proximité de la forêt, où tu es parti à trois reprises pour chasser. J'étais observé plusieurs fois. Ta sagesse : le respect que tu éprouves pour la vie, pour l'amour et pour l'harmonie entre toutes les créatures te vaudra le trône. En communion avec l'univers, nous t'aiderons à la construction en force d'un village à l'endroit de tes sacrifices de renoncement pour protéger la vie. Ta sagesse guidera les pas de tes frères et sœurs. Vous y vivrez dans le bonheur, dans la joie et dans la paix, si vous persévérez dans la pratique des vertus.

Le vieux Tahé retient son souffle durant quelques minutes et poursuit : après ce rêve prémonitoire, une force bienfaitrice s'est emparé du chasseur de telle sorte qu'il est bien parvenu à fonder ce village, où sa chefferie a apporté au village et aux paysans la prospérité, la fécondité, l'harmonie entre toutes les créatures et la paix. C'est pourquoi, nous, habitants de ce village, avons juré de  poursuivre inlassablement l'œuvre de nos devanciers. Aussi, sommes-nous  fiers de notre village qui constitue pour nous la preuve de notre communion avec les génies, les esprits et l'écosystème. Le village réalise également la communion entre le ciel et la terre, pour que la paix et l'harmonie règnent. Par contre, déclare-t-il, contrairement à la plupart des chefs d'Etats Africains ou politiciens véreux, immatures, corrompus et indignes, le véritable chef dans l'Afrique Traditionnelle incarnait des vertus et se battait toujours pour le bien de son peuple et de sa culture, au péril de sa vie.

Notre village, soutient-il, n'est nullement fait pour un individu. C'est un ensemble harmonieux des êtres vivants et des éléments non vivants. Il regroupe nécessairement plusieurs familles unies, lesquelles se trouvent également en relation avec l'univers, notamment :

- Dieu, le Créateur de tout, de l'invisible et du visible, auquel nous croyons.

- Les ancêtres. Ici, dit-il, les morts ne sont pas morts. Ils sont toujours vivants, mais sous une autre forme de vie. La mort n'est qu'un passage d'un état à un autre état. Elle mène à la vie, l'une mène l'autre. L'envers et le revers, une même porte s'ouvrant sur l'une et l'autre. D'ici ou de l'autre côté, la communication et la rencontre sont toujours possibles. Les ancêtres sont donc avec nous, partout où nous sommes. Leurs esprits planent sur nous.

– Les génies et les esprits ou forces de la nature. Ils cohabitent également avec nous et parmi eux, tout comme chez les villageois, il y a des bons et des mauvais. Ces génies détiennent des puissances et peuvent prendre n'importe quelle forme (humaine, végétale, animale, minérale, etc.). Ils peuvent donner aux hommes certaines puissances, des secrets de réussite et de protection.

– L'écosystème, c'est l'ensemble des autres êtres vivants du milieu et de ceux qui ne sont pas vivants, auxquels nous sommes liés vitalement. Il s'agit de nos faunes, flores, montagnes, sources d'eau, fleuves, marigots, rivières, vallées, ressources minières, etc.

Le vieux Tahé dit encore à ses petits-fils : comme vous le constatez, notre habitat rural regroupe des cases rondes et des maisons modernes construites les unes à côté des autres. C'est l'habitat groupé. Il n'y a pas de murs entre les maisons, de telle sorte que ce qui se passe chez l'autre est connu par les voisins et finalement par tout le village, dans le but de nous entraider. Nos maisons ne sont nullement séparées. Nous nous connaissons tous et chacun de nous est naturellement disposé au partage de ses avoirs et de ses connaissances avec les autres. Nous nous rencontrons très régulièrement et nous prenons le temps pour nous saluer les matins après les réveils et les soirs après les travaux champêtres, pour nous rassurer que chacun va bien. Ensemble, nous nous employons sans cesse pour résoudre nos problèmes de vie communautaire. Les pères de familles et les aînés sont collectivement responsables de l'éducation des enfants. Autant dire, qu'ils ont bel et bien le droit de correction sur tous les enfants du village, en cas de manquement. Ainsi, chaque enfant du village appartient à tous les aînés qui doivent aussi lui venir en aide : matériellement, moralement et spirituellement. Les vieilles personnes, les malades et de façon générale les personnes fragiles, doivent être soutenues par tous.

Ici dans le village, affirme le vieux, nous accordons la primauté à la vie spirituelle, laquelle nous inspire et nous oriente à vivre les vertus traditionnelles : la solidarité, l'entraide, l'hospitalité, le respect dû à la vie, aux aînés et à l'écosystème, l'amour du prochain, la probité, le travail, le courage, l'honneur, la dignité, le dévouement, la simplicité, la sobriété, l'harmonie, le pardon, la longanimité, l'éducation par tous, le respect de la parole donnée, la responsabilité, les sacrifices, la sincérité, la reconnaissance, la bienfaisance ou la bonté, la rigueur, l'honnêteté, le dialogue, les manifestations communautaires, la vigilance, la sagesse, l'unité, la paix, …

En persévérant dans la pratique de ces vertus, conseille-t-il, la vie devient calme et paisible. Car, la vertu possède en elle-même sa récompense. Aussi, fait-il savoir qu'au village, il y a des lieux sacrés : le haut de la montagne, certaines collines, les sources d'eau, le fond de la vallée, certaines cases, sans oublier la forêt sacrée. Ces endroits sont sensés habités des esprits, des génies et des divinités. Par exemple, la forêt sacrée est le lieu propice pour l'accomplissement de certains rites et cérémonies, tels que : l'initiation traditionnelle, les obsèques de quelques grandes personnalités et certains sacrifices propitiatoires. Nous croyons et nous adorons le Dieu Créateur du monde invisible et visible. Nous faisons des sacrifices pour avoir ses faveurs et nous demandons également l'assistance des ancêtres et des génies protecteurs dans un cadre cérémonial spécifique. Quand ces liens harmonieux dans la vie villageoise se brisent, cela engendre de graves crises dont il conviendra de les réparer. Notre société villageoise est bien hiérarchisée, non pas pour dominer les uns sur les autres ou pour privilégier l'individualisme, mais plutôt pour parvenir à l'épanouissement de la communauté toute entière dans laquelle chaque individu trouve sa place. Le nivellement ou l'horizontalité s'inspire de notre model culturel. Aussi, voudrions-nous que cet esprit du village de bienfaisance et de sagesse préside à toutes nos constructions humaines.

Dans le village, fait-il remarquer, il y a : le chef, entouré d'un conseil de sages, des guides spirituels, des devins, des sorciers, des exorcistes, des guerriers, des forgerons, des artistes, des éleveurs, des cultivateurs, des entrepreneurs, des commerçants, des cordonniers, des tisserands, des potiers, des guérisseurs, des chasseurs, etc. Chacun d'eux contribue quotidiennement à la réalisation du bonheur dans le village. Mais malheureusement, certains de ces métiers traditionnels sont en voie de disparition. Notre vie populaire est rythmée par des évènements ou manifestations sociales, notamment : la naissance, le baptême, l'initiation traditionnelle, le mariage, les cérémonies funéraires et les sacrifices, la fête de l'an, etc. Nos coutumes définissent notre manière particulière d'agir, de s'exprimer, de vivre dans la société et nous restons fidèles à la tradition qui engendre la paix, la concorde, l'harmonie entre le tout. Sans cet esprit du village qui fait notre identité, dit le vieux, le chao s'installera, rien ne sera plus beau, le village sera désenchanté à jamais et les étoiles ne brilleront plus pour nous.

Demain, dit-il, je vous parlerai de l'un des évènements festifs du village, à savoir : la fête du nouvel an ou la Bonne Année que les Kpèlè appellent Bölanèè. Mais préalablement, je souhaiterais que vous me parliez de la vôtre. Comment fêtez-vous le nouvel an ?

Avant de répondre à cette demande, ses petits-fils se regardèrent les uns les autres en souriant et finalement Marie accepta de lui faire une brève narration de la fête du premier janvier passé. Elle répondit : dès le début du mois de décembre, la capitale était dans l'enthousiasme pour fêter Noël et le premier janvier. Sur les lèvres, dans les radios et télévisions, sur les lieux publics et de divertissements, aux lieux de travail et dans les maisons, le monde se préparait à célébrer Noël et le nouvel an, respectivement prévus aux dates fixes de 25 décembre et 1$^{er}$ janvier. Ce sont des fêtes universelles. Chacun les préparait en fonction de ses moyens. Pendant ces moments exceptionnels, les commerçants importent des quantités de produits de vente, des marchandises diverses : vestimentaires, alimentaires, ménagères et ludiques. Ce sont les meilleures périodes de l'année, où les achats se font de plus bel. Les recherches de la nouveauté, du luxe et de l'aisance deviennent la préoccupation majeure de la plupart des citadins. Les ateliers de couture, les salons de beauté et les boutiques sont bien achalandés. La ville est rendue propre. Sur l'avenue de la République, sur les routes et sur certains édifices, les guirlandes et petites ampoules de couleurs variées sont disposées pour embellir et produire des jeux de lumières magnifiques, qu'on se croirait dans un monde imaginaire ou de rêve, où il n'y aurait que du beau. Les lieux des réjouissances : dancings, maquis, cafétérias, les plages au bord de la mer, les lieux touristiques, les buvettes, etc., se remplissent à l'occasion de ces jours de fêtes.

Ma famille avait passé le 31 décembre à la maison. Pendant que j'aidais maman à préparer le réveillon (petits plats de salades, de spaghettis, de haricots et de frites, accompagnés de viande et de foie de bœuf, de poulets rôtis, de poissons braisés, des fruits, tels que : les citrons verts, les oranges, les pommes et les pastèques), mes frères regardaient la télévision. Quant à papa, tantôt il venait s'asseoir auprès de nous à la cuisine, tantôt il partait dans sa chambre pour se reposer. Après la prière du soir, les bombances commencèrent et chacun se servait librement. Il y avait aussi du vin de palme. Nous étions tous assis en face de notre écran de télé. Nous regardâmes les émissions et les différentes chaînes de divertissements : Nollywood épic, Talents D'Afrique et TV5 qui faisait voir l'un des plus grands cabarets du monde. A l'heure de l'adresse du chef de l'Etat à la nation, nous portâmes notre attention sur le discours du Président de la République. A rappeler que celui-ci avait organisé au palais du peuple un spectacle géant de feux d'artifices sans précédent pour réjouir la population en liesse. A minuit pile, nous nous levâmes pour nous embrasser et pour se souhaiter Bonne Année. Puis, papa alla pour ouvrir quelques fenêtres et la porte centrale de notre maison pour laisser pénétrer librement le nouvel air. L'air conditionné des climatiseurs ne répondait pas à ses préoccupations du moment. Car, il voulait que la maison respire l'air nouveau de la Bonne Année. Après un petit instant passé au dehors, il referma les fenêtres et la porte avant de partir au lit. Quant à nous, nous continuâmes de plus bel à regarder nos émissions de divertissements favorites. De temps à temps, on se levait pour danser au salon avec nos amis qui étaient venus pour fêter avec nous. Toute la nuit, les musiques résonnaient sur toute la ville. Les gens s'amusaient jusqu'au matin bonheur.

Le 1er janvier étant déclaré jour férié et chômé payé, papa envoya toute la famille en campagne, dans l'un de ses domaines de forêts qu'il admire, situé au bord d'un bras de mer. Cela nous avait fait tant de bien et nous en étions vraiment fiers.

Le rappel de ces évènements festifs passés créa des sensations de joie. Le vieux remercia sa petite-fille. Mais comme il faisait tard, il souhaita à tous un bon repos et un doux sommeil.

Au réveil matinal, les enfants pensaient sans cesse à ce que leur grand-père dira sur la fête du nouvel an au village. Ils savaient comment cette fête était célébrée dans la capitale. Ils étaient donc curieux et impatients de savoir comment les villageois fêtent particulièrement le premier janvier.

# 2 - Bonne Année !

Dans la même ferveur que la nuit précédente, les enfants prirent leurs tabourets pour aller s'asseoir en plein air, au clair de lune. Le grand-père Tahé vint et prit place parmi eux. En cette nuit merveilleuse, dit-il, je m'en vais vous conter une histoire : ici et dans les villages environnants, la fête du nouvel an est appelée Bölanèè. Ce sont les missionnaires catholiques, communément appelés les Pères blancs, qui nous ont bien enrichis de cet apport culturel. La fête du nouvel an prévue le 1ᵉʳ janvier est devenue populaire et incontournable. Elle est fêtée par tous et elle se prépare quelques jours à l'avance, tout au moins dans la semaine qui précède et surtout à la veille. Pour rendre la fête belle, les paysans étaient partis vendre quelques récoltes ou produits agricoles et d'artisanat : le riz, l'huile rouge provenant des noix de palmes, l'huile de palmistes, les régimes de bananes, le taro, le manioc, les épices, les objets d'art (sacs de raphia, statuettes, chaussures en peau d'animal, nattes, vans, paniers, perles, habits traditionnels, etc.), les objets de la forgerie (gourmets et colliers, ainsi que les boucles d'oreilles en argent ou en or, les couteaux, les houes, les coupe-coupe, les haches, etc.). Ils partent habituellement vendre ces marchandises  dans le marché local plus modeste ou dans les grands marchés hebdomadaires proches du village. Les prix des ventes permettent d'acheter, à leur tour, ce qu'ils désirent avoir, tels que : les habits, les chaussures, les parures, les ustensiles de cuisine et autres pour ajouter l'utile à l'agréable. A cette période, l'attention de tout le monde porte sur la fête de Bonne Année. Ceux qui habitaient dans les hameaux revenaient en paix et dans la joie. Le village se remplissait de jour en jour. A rappeler que l'éloignement de certains champs agricoles, par rapport au village, amène les paysans qui se trouvent dans cette situation d'éloignement, à y faire des hameaux pour s'abriter durant leurs séjours. Mais à l'occasion des grandes manifestations sociales, ils viennent tous au village pour participer aux cérémonies festives. Quant aux chasseurs, ils quittaient le village pour aller chasser dans des contrées lointaines à cause de la rareté des grandes forêts giboyeuses. Ils font en sorte qu'ils soient de retour à la veille ou au petit matin de la Bonne Année.

Dans la matinée du jour qui précédait le nouvel an, il y avait l'enjouement. Le marché local se remplissait de diverses marchandises, notamment : les condiments de cuisine, quelques ustensiles de cuisine, du gibier frais, des poissons, des habits, des parures, des objets de jeux pour les enfants, etc. Il y avait également du vin de raphia à foison. Çà fleurait bon et la vie était belle. Ce fut une très belle matinée. Les jeunes garçons du village achevaient les travaux d'assainissement de tout le village, des routes  d'accès au village et la construction d'une ronde à découvert, faite de pailles, des rameaux de palmiers, ainsi que des bois, pour servir de lieu de dancing. Les femmes partaient au marché et leurs filles allaient au marigot pour laver les linges salles. Les moments des linges dans le marigot sont toujours des occasions privilégiées pour recueillir l'actualité du village. Dans l'eau du marigot, toutes les nouvelles sont divulguées, les informations se passent facilement et librement. A leur retour au village, chacune d'elles s'employait aux nettoyages minutieux de son habitation. Les cases et les cours sont rendues très propres. Après les tâches ménagères, elles consacraient le reste du temps à leurs soins particuliers pour se rendre plus belles. Certaines d'entre elles, surtout celles qui ne sont pas encore mariées, pourraient bien avoir des sollicitations sérieuses de la part des hommes désireux de s'engager dans des liens de mariage. Mais il est aussi connu que les jours de fête, toutes les filles sont belles. Donc ce n'est pas le moment indiqué pour faire un choix de mariage.

A la mi-journée, le village fut agréablement surpris par des sons euphoniques qui provenaient d'un groupe d'artistes musiciens bien réputé dans la contrée. Cet orchestre s'appelait Yeelöghé hwèli (fête pour l'unité). Ces artistes étaient également venus pour bien fêter avec les paysans la Bonne Année. La nouvelle de leur présence fut claironnée partout. Les villageois sortaient de tous les côtés pour acclamer leur venue. Enfants, jeunes filles, jeunes garçons, femmes, hommes et vieillards gambadaient et jubilaient de joie. Ils les accompagnaient jusqu'au domicile du chef de village. Dans ce climat délectable, le vieux Zogopé, chef de village, s'est empressé de sortir de sa chambre pour venir les accueillir dolcissimo, tellement qu'il était content, lui aussi. Le ton de la réjouissance était ainsi lancé par l'orchestre Yeelöghé hwèli et cela a fait raviver la fête de Bonne Année. Autant dire que la vie est également faite de bonnes surprises qui nous viennent de l'autre, de l'étranger. Spontanément, les villageois apportaient des gourdes de vin de raphia et les femmes qui avaient fini de préparer envoyaient des repas pour les étrangers. L'hospitalité les poussait sans retenue à recevoir tous les étrangers venus dans leurs modestes demeures.

Après une brève animation béatifique, comme la route fut longue, le chef de village demanda aux artistes venus de prendre quelques instants de repos. Les repas et les gourdes de vin de raphia furent servis. Après ce festin en prélude de ce qui sera fait le jour de Bonne Année, ils furent accompagnés dans les cases mises à leur disposition pour le séjour. Les autres étrangers étaient également accueillis et pris en charge par les villageois qui venaient volontairement pour les accueillir chez le chef de village, où ils devraient se présenter.

Du côté des artistes du village, il était grand temps pour aller apprêter les masques, les épousseter et faire les réparations nécessaires ou les retouches de dernières minutes. Ils mirent les instruments de musique et les accoutrements des masques sous le soleil pour bien les réchauffer, mais en prenant soins de les tenir au secret, à l'abri de tout regard pour préserver l'effet mystique et de surprise.

A la veille de la Bonne Année, dans la soirée, le chef de village se fit accompagner par quelques sages coutumiers et le guide spirituel pour aller au lieu de sacrifice du village. Ils y allèrent pour prier et pour demander les grâces surabondantes de paix, de fécondité, d'unité et d'harmonie pour le village, auprès de la divinité, des ancêtres et des génies protecteurs. Au retour du lieu de sacrifice propitiatoire, ils se rendirent dans la concession où les artistes furent logés, afin de les saluer et prendre un petit moment de causerie avec eux. Après, chacun alla chez soi, car il faisait un peu tard. Il fallait trouver le temps nécessaire pour bien dormir, afin d'être  frais et dispo le jour de la Bonne Année.

Quant aux jeunes, ils n'entendaient pas passer la veillée du nouvel an sur les lauriers. Ce moment de recréation juvénile fut turbulent. Dit-on, les meilleurs jours de fête sont reconnus par les mouvements de la veille. Les musiques que les jeunes jouaient faisaient vibrer le village tout entier. Les baffles de sonorisation de l'appareil relayaient les variétés des chansons musicales sur le village en fête. Il y avait une foultitude de personnes. Les cris de joie se faisaient entendre dans les confins du village. Il est connu de tous que les voix portent loin la nuit, suite à l'apaisement et au calme de tout ce qui sévit le jour. La lune et les étoiles du ciel gratifièrent la terre de leurs éclats de lumière suffisante. C'était si bien qu'il n'était plus opportun d'utiliser des ampoules électriques pour l'éclairage. Les bonnes grâces de la nature suffisaient largement. Les villageois savent qu'il est déconseillé de vouloir identifier chacun à cette occasion de nuit particulière qui mobilise tant de personnes inconnues. Ils pensent que certains esprits prennent des corps humains pour venir s'amuser avec les humains. Donc, il est conseillé de ne pas être curieux, mais plutôt de se laisser emporter par la joie festive.

Ceux qui sont restés au dancing jusqu'au matin furent les premiers à l'aube, à souhaiter Bonne Année, à toute gorge déployée, à ceux qui venaient de se réveiller. Les cris des porcs à l'abattoir réveillaient un bon nombre de personnes qui étaient encore sur le lit. Au jour de repos, il y a toujours des gens qui font la grâce matinée. Mais les chants des oiseaux matinaux avaient déjà réveillé les femmes. Elles se précipitaient toutes pour aller au marigot, afin de puiser de l'eau nouvelle, celle de la Bonne Année. Il est très important que chacune d'elles parte pour puiser de l'eau nouvelle, avant d'entreprendre les travaux de cuisine. La matinée fut trépidante. Les fumets des sauces et des vins de raphia nouvellement récoltés aiguisaient la faim. Ces bonnes odeurs amenaient certains passants à se pourlécher et à adresser des paroles de compliments aux braves cuisinières et aux vendeurs des vins de raphia.

Après les préparations des repas, il est de coutume que chacun partage sa nourriture avec les autres, soit avec le voisin, ou avec un parent, ou encore avec une connaissance, voire avec un étranger. Le jour de la Bonne Année, beaucoup de personnes étaient venues au village pour participer à cette grandiose manifestation de joie populaire. Ces retrouvailles réchauffaient et animaient intensément le village. Que de souvenirs inoubliables et d'émotions ! La présence des étrangers suscitait aussi la curiosité, le désir de partage et de connaissance réciproque. Dieu merci, tout le monde sans exception avait bien mangé. Le boire et le manger importent à la santé. Mais, il n'eut aucun gaspillage. Ce jour, beaucoup de femmes avaient préparé le riz avec sauces soupes garnies de viandes ou de poissons. Il y avait également le vin de raphia (lö) qui émoustillait les convives. Au village, tout le monde est autorisé à boire ce vin, même les enfants. D'ailleurs, lors du baptême traditionnel, on peut mettre une goutte de ce vin dans la bouche du bébé. C'est un liquide fermenté et plus ou moins sucré qui provient directement du raphia ou du palme. Il est nourrissant et possède des vertus médicinales.

Ce jour de Bölanèè, toutes les femmes étaient belles dans leurs habillements. Il y avait des variétés de modèles impressionnants : des pagnes cousus, des boubous, des habits traditionnels, des robes et des jupes. Elles portaient leurs belles chaussures et objets de parures (boucles d'oreilles, gourmets, chaînes, bracelets, colliers et perles) qu'elles avaient achetés. Certaines d'entre elles, notamment les jeunes filles s'étaient maquillées et bien parfumées.

Les hommes aussi avaient porté leurs beaux vêtements : complets, habits traditionnels, boubous, pantalons et chemises. Moi, dit le vieux, j'avais porté le bel habit traditionnel que votre cher papa m'avait offert l'année passée.

Quant aux enfants, ils étaient particulièrement contents de porter leurs habits et se pressaient pour sortir avec les objets de jeux que les parents leur avaient offerts. C'est pratiquement le seul jour de l'année où tout le monde prévoit l'achat de vêtements.

Ceux qui n'avaient pas pu acheter de nouveaux habits, se contentaient de leurs vieux vêtements très bien lavés. Dans tous les cas, tout le monde était beau et joyeux. La nouvelle année commençaient sur de bonnes choses et sur de nouvelles dispositions.

Dans la journée, bien avant les repas et après le manger, les musiques modernes et traditionnelles résonnaient dans tous les lieux. Les comédiens qui excellaient dans l'art faisaient esclaffer leurs auditoires. Ils racontaient des plaisanteries désopilantes. Les acclamations de joie fusèrent partout. Dans la case de la matrone des femmes, appelée Mâ Yalamö, il y avait un groupe de vieilles femmes qui faisaient de la musique traditionnelle. Certains musiciens traditionnalistes étaient dans la concession du chef de village, entouré du conseil des sages. D'autres musiciens se trouvaient au marché local, le centre lieu du village. Les musiques traditionnelles avaient largement pris le dessus sur la musique moderne. Finalement, les jeunes garçons avaient abandonné leur engin de musique moderne pour accourir vers les lieux de danses lascives, où les filles prenaient plaisir pour les attirer, en remuant habilement les épaules et les hanches. L'ambiance était au comble. Il y avait de l'allégresse sur tous les visages. Parmi les instruments de musique traditionnelle, il y avait :

- *Les Djabaras (Kèè)* et les Cornes de bœuf (Kono) : la Djabara est composée d'une calebasse longue tressée de fil et de perles ou de coquillages. Elle est associée aux Cornes de bœufs qu'on tape à l'aide d'une baguette en bois et produisent ensemble, suivant le rythme adapté, un son puisant. Cet ensemble musical est appelé Kono et il est joué par les femmes à l'occasion des cérémonies. C'est l'instrument de prédilection pour les vieilles femmes. Lors des funérailles des vieilles femmes valeureuses, c'est cette musique qui doit être jouée. Elle est aussi jouée à l'occasion des évènements de sacrifice.

- *Les Trompes Africaines*, généralement appelées les Trompettes (Tulu). Ce sont des instruments de musique à vent. La trompe est faite d'une défense d'éléphant ou de bois vernissé recouvert de peaux d'animaux (bœuf ou panthère). L'embouchure est située un peu en avant de la partie pointue de l'instrument. Le son est obtenu en soufflant dans la trompe et en faisant intervenir la main pour fermer et ouvrir alternativement l'ouverture. Les trompes sont associées aux Djembés (Bhala) qui sont fabriqués à partir d'un tronc de bois, d'une peau de chèvre ou de veau. D'autres instruments y sont également associés, tels que : les Cloches qui sont des métalliques et les Hochets à grelot qu'on remue avec les mains pour faire résonner les morceaux de métaux ou des objets divers qui s'y trouvent. Cette musique est appelée Tulubala et elle est jouée à l'occasion des fêtes. Elle est également jouée lors des funérailles des grands hommes et les notables du village.

- ***Les Tambours d'eau et les grands Bols ou Bassines*** : le Tambour d'eau est constitué d'une moitié d'eau sur laquelle est placée une autre moitié de calebasse à l'envers et plus petite. On tape dessus avec des baguettes en bois, alors que les grands bols ou bassines renversés sont frappés avec les mains et sur les pourtours à l'aide des baguettes en bois. Cette musique jouée par les femmes est communément appelée Teyabala.

- ***Le Balafon*** : c'est une structure en bambou sur laquelle sont placées des lames en bois et au-dessous, des calebasses en guise de caisses de résonnance. Chaque lame est testée avec sa calebasse correspondante, afin que le tout soit accordé comme on le souhaite. On utilise les baguettes en bois pour produire les sons. On l'appelle Këlën.

- ***Le Tama qu'on appelle au village Daman*** : il est sculpté en forme de sablier. Il est placé sous l'aisselle pour le jouer à l'aide des baguettes en bois, d'où le nom de tambour d'aisselle. Le son de la peau peut varier selon que l'on appuie fort ou peu. On l'appelle également tambour parlant, car celui qui le joue parle avec et seuls les personnes aguerries, notamment les initiés traditionnels, peuvent en décrypter les messages donnés en proverbe, en parabole, en image et en dicton. Les artistes Yelöghé hwèli venus au village pratiquaient cette musique. Ils faisaient leur musique dans la concession du chef de village qui était entouré par le conseil des notables.

- ***La Cora (gwènin)*** : elle est composée d'une caisse de résonnance en calebasse recouverte d'une peau de vache ou de veau, d'une manche de soutien en bois sur laquelle des cordes sont tirées pour produire des sons allant du plus aigu au plus grave. La technique de cet instrument réside dans le doigté, la dextérité et la rapidité des mouvements. Il est associé au tambour parlant.

- ***Les Dununs*** sont des troncs de bois évidés sur lesquels sont positionnés deux peaux de vache ou de veau enserrées par les mêmes procédés de cercles et de cordes que le Djembé.

- *Les Kese-Kese* : ils sont tressés sur un morceau de calebasse avec des anses permettant de les porter pour secouer et produire des sons grâce aux objets résonnants qui s'y trouvent.

- *Les ceintures* faites à partir des objets résonnants qu'on porte sur les hanches et les bracelets de danse pour produire des sons musicaux.

- *Le sifflet* : il est formé d'un morceau de bois dur de forme conique. Il est généralement suspendu au cou et peut être orné de dessins faits à l'aide du fer rougi par le feu.

Face à cette pluralité musicale, chacun se dirigeait vers la musique qu'il admirait. Cependant, certains trouvaient mieux, pour aller à tous les lieux de musiques, comme des oiseaux voltigeant sur les floraisons des arbres. On assistait à des va-et-vient interminables. Par-ci et par-là, les filles chaloupaient le long des routes. Elles se pâmèrent de joie. A part l'orchestre de Daman et la Cora qui jouaient chez le chef de village et le Kono chez la matrone des femmes, les autres orchestres du village, à savoir : Tulu, Teyabala et Këlen jouaient sur l'espace du marché local.

La joie et l'admiration furent au paroxysme, lorsque les villageois virent dans la soirée les masques diaprés sortir pour rendre la fête plus belle. Aux grandes occasions des réjouissances, les masques appelés Kpaan ou Nyömu sortent en couple : un masque à figure masculine, à côté du masque à figure féminine pour divertir. Cela résulte de la fonction ludique des masques Africains. Là, le rituel est très allégé. Ces masques sont sculptés en bois et portés sur les visages avec un costume spécial pour cacher le corps entier. Les accoutrements sont faits de raphia, d'habits, de peaux d'animaux, de cauris, de poils d'animaux et autres avec des couleurs spécifiques. Il y avait également les masques sur échasse appelés Nyömu Koya, c'est-à-dire, le masque long. Ces masques marchent sur un long bois en bambou ou autres bois bien apprêtés pour marcher à une certaine hauteur au-dessus du sol. Eux-aussi, ils sont totalement couverts par leurs costumes spéciaux portant des couleurs symboliques. Les couleurs utilisées sur les masques étaient :

Le Blanc : c'est une couleur de passage de la mort à la renaissance. Par exemple, une année qui s'en va, une autre qui revient. C'est également une couleur de la divinité. Un lien avec les ancêtres et représentant la lumière, l'innocence, la pureté et la droiture. Elle s'obtient à partir du kaolin et autrefois, on se servait de coquilles d'escargot, d'œufs, des excréments de lézards ou des serpents sacrés.

*Le Vert* : il représente la croissance, la nourriture et la virilité. Il s'obtient à partir des végétaux.

*Le Jaune* : il représente la paix, la sérénité, la fortune, l'espoir, la fertilité, l'éternité, mais aussi le déclin et l'annonce de la mort. Il est obtenu à partir des liquides ou sèves de certains végétaux et à partir de certains sols.

*Le Rouge* : la couleur rouge représente le sang, le feu, le soleil (et donc la chaleur), mais aussi la réintégration d'un être à un rang supérieur, une élévation, la fécondité et le pouvoir. Elle est obtenue à partir des noix de colas mâchées ou de certaines décoctions.

*Le Bleu* : cette couleur représente la froideur, mais aussi la pureté, le rêve et le repos terrestre.

*Le noir* : il représente la mort, l'anéantissement, le mal, la sorcellerie, la magie et l'antisocial. Il est fabriqué à partir des charbons des bois, du noir de fumée ou des écorces de lianes.

Ces masques étaient accompagnés par des musiciens munis de leurs instruments : Djembés, les sifflets, hochets à tresses, les cloches, les ceintures et bracelets de danse. Ils dansaient et scandaient les chansons du terroir qui procuraient tant de joies. Le champ magnétique ou l'aura qui couvrait l'assemblée en fête anéantissait toute négativité. Aucun mal ne pouvait survenir ce jour. Les grâces de la Bonne Année, les sacrifices consentis et les célébrations étaient comme de l'encens dont l'agréable fumée odoriférante montait tout droit vers Dieu. En tout cas, chacun était prévenu de s'abstenir de tout mal, au risque de se voir sanctionner par la communauté et par les esprits qui veillaient heureusement sur le village, surtout en ce jour béni. La mémoire collective se souviendra longtemps de cette Bonne Année mirifique.

Après trois longues inspirations et expirations, le vieillard s'exclama : ah ! Faisons raviver de plus bel l'esprit du village, malgré qu'il soit éprouvé par l'effet de serre. Mais Comme la nuit était très avancée, il dit à ses petits-enfants : je préfère que vous partiez dormir sur ces bonnes choses contées. Votre subconscient qui a bien enregistré le parcours festif de la Bonne Année créera en vous des sensations et des images fortes de joie qui auront une incidence sur votre vie future. Demain, dit-il, je vous parlerai du contraste qui apparaissait du plus profond de nous-mêmes le jour de Bonne Année. Lui et ses petits-fils se sont souhaités bonne nuit, avant que chacun ne parte se coucher.

# 3- Le Contraste

Le jour suivant, avant que le grand-père n'ait pris la parole, sa petite fille Marie s'adressa à lui : grand-père, qu'est-ce qui a pu contraster ? Pourtant je trouve que la fête de Bonne Année au village fut très belle. Le vieillard répondit : de visu, il y avait quelque chose de sombre qui posait visiblement problème. Elle était perceptible. On la sentait dans les quatre éléments : les brûlures des rayons de soleil ardent, l'air chaud, le tarissement des eaux, la dénudation et l'ensablement du sol.

En effet, dit le vieux, nous fêtions, alors que nous avions perdu la majeure partie de notre couvert végétal. Les forêts qui entouraient le village, les sources d'eau, le long de nos fleuves et de nos routes, celles qui se trouvaient dans les vallées et sur les collines, ainsi que sur les terres agricoles avaient été détruites en partie, soit par l'agriculture par brûlure, soit par les feux de brousse, soit par les industries de bois, soit par l'extraction des ressources minières. Il se trouve que seule notre forêt sacrée a été préservée.

La faune et la flore ont été détruites en grande partie. Nous n'avions pas su protéger notre écosystème, améliorer nos techniques agricoles, diversifier nos activités agropastorales et régimes alimentaires. L'harmonie avait été rompue. Or, l'esprit du village, c'est le respect et l'incarnation des valeurs traditionnelles qui vous sont connues maintenant, depuis que nous sommes ensemble. Les communications passées entre vous et moi, ont permis de comprendre l'homme Africain. Lorsque nous nous évertuons à rester conformes à notre idéale Africaine, la paix règnera et la joie sera dans les cœurs. Mais si nous agressons ou rompons l'harmonie globale, les conséquences néfastes s'en suivront inexorablement. Si l'homme brise l'équilibre de la nature, la nature prendra sa revanche pour le briser aussi. Le jour de Bonne Année, nous avions donc ce tableau diptyque dont l'une face était joyeuse et l'autre face sombre. Une fête douce-amère prédictible. Cela relève du dualisme. Les vicissitudes auxquelles l'homme est confronté durant son existence humaine. Pourtant, la destruction de la nature entraine également la destruction de l'homme. Si nous faisons du mal à la nature, la récompense sera le mal, mais si nous prenons soins de l'écosystème, nous y trouverons de grands bénéfices : de l'eau, de la faune, de la flore en abondance, la fertilité, de l'air pur et bien parfumé par l'odeur des arbres florifères. Sans doute, la vie de l'homme ne peut s'accomplir à l'exclusion de son environnement. Pour illustrer cette réalité, il suffit de regarder le cas de la chaleur que nous subissons jour et nuit, accompagné d'un environnement de moustiques et de maladies. Notre village, à l'absence de son couvert végétal, est désormais secoué par des vents très violents et secs qui font écrouler des cases et qui emportent des biens. Le sable commence à gagner du terrain peu à peu et nous souffrons du tarissement de nos eaux. Pour avoir de l'eau potable, il nous faut nécessairement des forages, mais malheureusement nous n'avons pas de moyens financiers suffisants pour y faire face. Nos productions agricoles sont maigres, à cause de l'infertilité qui s'empare de nos terres agricoles. Le temps de la saison pluvieuse se raccourcie considérablement. Toutefois, il convient de savoir que les villageois ne sont pas les seuls responsables du changement climatique. Il reprend son souffle et poursuit : je suis né dans ce village qui était jadis entouré de forêts renfermant de grands arbres, des arbustes et de grosses lianes sur lesquels je grimpais et m'asseyais pour m'amuser quand j'étais enfant. Certaines végétations ont germé de la terre et grandi sous mes yeux. L'ensemble de ces forêts ont favorisé une biodiversité impressionnante et très bénéfique. C'est là que j'ai appris à connaître les plantes médicinales, les bois sorciers, les noms des herbes, des lianes, des arbres et des fruits comestibles. J'y partais pour récolter des champions qui poussaient sur les termitières, sur les vieux troncs d'arbres, sur le sol et pour ramasser des noix abondantes qui tombaient des arbres, ainsi que les chenilles très appréciables (zogolé) qui vivaient sur certains arbres particuliers. Je m'étais également habitué à la faune et à toute la chaîne de la biodiversité : du plus petit au plus grand, tout ce qui est laid ou beau, tout ce qui marche, rampe et vole, tout ce qui est inoffensif et féroce,…

Oui, la forêt est pour moi une école de sagesse. Elle est le très grand maître qui m'a beaucoup appris et façonné tel que je suis. Elle m'a nourri spirituellement et matériellement. Elle réalise mon bien-être. Elle est une source de vie abondante.

Quand cette forêt brûle, mes entrailles s'enflamment avec elle. Sa destruction me plonge dans la tristesse, dans le deuil, à cause de l'extermination de la vie ambiante de milliers d'espèces animales et d'essences forestières, auxquelles je suis profondément lié. Je compare cette situation angoissante au décès d'un conjoint, dont l'époux survivant continuera à porter le deuil, tant qu'il vit.

La paix ne s'explique pas seulement par l'absence de guerres entre les hommes. Elle est aussi cette harmonie à maintenir entre tous les êtres vivants et les éléments non vivants de l'univers.

Hélas ! L'égoïsme a aveuglé l'homme. Il a durci son cœur comme une pierre et l'a rendu impitoyable à l'égard de la nature qu'il domine à sa guise, très malheureusement.

Au sujet de la responsabilité, nous en parlerons au temps opportun. Pour le moment, j'espère que vous avez bien compris pourquoi je parlais d'évènement dichromatique, au sujet de Bonne Année. Dans ces conditions, nos habitudes ne compromettent-ils pas l'idéale d'une vie en communion ? Le monde n'est-il pas dangereusement menacé ? On ne saurait valablement parler d'un développement, si celui-ci est fait contre la nature. Car le développement est plutôt harmonieux. L'harmonie doit donc exister entre le tout, affirme-t-il. D'une voix chevrotante, sa petite-fille Marie s'adressa à lui : qu'est-ce que c'est le changement climatique qui mène au précipite, hélas ! Et quelles en sont les causes véritables ? Le vieillard répondit : Tu as droit de connaître, car la connaissance est une source où chacun peut venir s'abreuvoir. Tu le sauras très bientôt.

# 4 - Le changement climatique

Les écoliers s'étaient endormis sur leurs questionnements. La grande attention qu'ils portaient sur l'histoire que le vieillard contait, leur avait facilité le sommeil. Un grand effort épuisant donne un bon repos. Le petit matin, ils commencèrent à discuter entre eux sur le sujet du jour : le changement climatique. Chacun avançait des réponses sans en être certain. Ils voulaient donc que le soir arrive le plutôt que possible par un simple claquement magique des doigts, comme si l'on était dans un monde magique. Il est vrai que l'empressement est le propre des jeunes. Cependant, cet empressement juvénile est souvent contré par les lois de la nature. Telle que la loi de la rotation qui prévoit que chaque chose arrive à son temps. C'était la période de la pleine lune. Une phase de la lune dans laquelle celle-ci, se trouvant à l'opposé du soleil par rapport à la terre, tourne vers la terre son hémisphère éclairé et, de ce fait, est visible sous l'aspect d'un disque entier. Dépourvue de lumière propre, elle ne fait que réfléchir la lumière qu'elle reçoit du soleil. Les aspects différents ou phases suivant lesquels elle est vue de la terre s'expliquent par les variations de sa position relative par rapport à notre planète et au soleil. En ce moment de la pleine lune, les enfants vinrent donc s'asseoir auprès de leur grand-père, auquel ils demandèrent de leur conter la suite de l'histoire. Le vieillard leur dit : soyez attentifs et patients. Vous aurez la réponse à vos questionnements. Il conta : le jour de la Bonne Année, le vieux Zogopé, chef de village, devait s'adresser aux villageois dans la soirée, comme il le fait d'habitude. Cependant, ce jour était particulièrement riche d'évènements festifs qui se suivaient les uns après les autres. C'est pourquoi, il ajourna son échange avec son peuple pour le lendemain matin. Il voulait que sa population profite bien de ces moments de joies indicibles que la sortie des masques suscitait dans la soirée de Bonne Année. Il avait offert un grand taureau et la cotisation des villageois avait permis d'acheter une vache pour ajouter à son offrande. Un grand festin était prévu ce matin avant de se quitter et de se souhaiter des aux revoir.

Le jour git, les femmes sortirent dès l'aube pour cuisiner. Au premier chant des coqs, les récolteurs des vins de raphia se réveillèrent pour ravitailler le village en boisson suffisante. Le matin bonheur, tout était déjà apprêté. Tout le monde était rassemblé chez le chef de village. Chacun apportait son tabouret ou un banc pour permettre à tous de s'asseoir. Ce jour, les orchestres de Tulu et de Kono avaient assuré l'animation le matin. Après un petit moment de réjouissance, les repas furent servis dans de grands bols autour desquels les villageois s'asseyaient pour manger ensemble. Le repas était copieux et suffisant pour que chacun mange à sa faim, sans gaspillage. A la fin du repas, les jeunes filles regroupèrent les ustensiles de cuisine et nettoyèrent les lieux. Puis, les échanges commencèrent. Le neveu du village prit la parole sur l'ordre du chef de village pour prononcer les paroles d'usage, avant d'entamer le fond de ce qui les réunit. Il proclama : nous avons bien passé la nuit, que notre journée soit aussi bonne ! A chaque souhait, l'assemblée répond : Amina !

*Que la joie qui nous réunit soit sans fin !*

*Que ce qui sera dit soit compris par tous et fasse l'unanimité pour le bonheur de chacun et de la communauté !*

*Que la Bonne Année nous apporte la santé,  la paix et toute bonne chose que chacun souhaite avoir !*

*Que notre  cher village progresse et que la fin de chacun de nous soit bonne et vraiment heureuse !*

Dit enfin : je remercie le Dieu Créateur, les ancêtres et les génies protecteurs qui nous ont permis de bien fêter la Bonne Année qui nous rassemble auprès de notre chef de village. Comme à l'accoutumée, il souhaite à présent s'adresser à nous. Immédiatement, le vieux Zogopé, chef de village, se leva majestueusement. Un personnage pittoresque et charismatique. Il fut vivement applaudi par l'auditoire et acclamé par les sons des instruments de musique qu'on agitait. On raconte qu'il aurait une huile particulière, hautement magique, qui le fait admirer par tous, même par ses pires ennemis, s'il la met sur son corps. Il était en habit traditionnel, tenant dans sa main droite la queue d'un lion. Il souleva sa main droite tout haut, fit vibrer les poils sur la queue du lion et dit d'une voix très forte : Bonne Année ! Bonne Année ! Bonne Année ! Avant qu'il ne termine de prononcer pour la troisième fois, l'assemblée vit venir de loin un aigle royal quittant la montagne sacrée, non loin du village, pour venir se poser royalement sur la cime du grand arbre dont les feuillages procuraient de l'ombre. Tout le monde en fut ému. Ce signe imprima à l'évènement le respect et la dignité. Cet instant majestueux apporta le calme et la sérénité. Certains paysans y voyaient un très bon présage. Sans désemparer, le chef de village continua : je rends grâce à Dieu, aux ancêtres, aux esprits protecteurs et je vous remercie tous, surtout nos frères qui sont venus fêter la Bonne Année avec nous. L'année passée a été rude et laborieuse. Beaucoup de choses se sont passées. Nous devons tous nous réunir pour relever ensemble les défis. Ainsi, la nouvelle année pourrait être bonne. Dit-on, « l'union fait la force ». C'est pourquoi, je décide donner la parole successivement aux représentants de notre jeunesse, de nos mamans et des pères de familles. J'ai voulu cet échange et j'avais pris soins de vous en prévenir. Il donna la parole à Pépé qui représentait les jeunes, avant de s'asseoir.

A sa suite, Pépé se leva et déclara : monsieur le chef de village, chers aînés, chers parents, chers frères et sœurs venus d'ailleurs, chers jeunes et enfants, je vous salue et vous remercie tous. Je vous souhaite également une Bonne Année. L'ensemble des jeunes du village me charge de vous transmettre leurs joies et leurs peines. Dorénavant, ils vous adressent leur reconnaissance pour vos soutiens quotidiens. Cependant, ils vous soumettent respectueusement leurs requêtes et plaintes suivantes :

- Primo : les jeunes se plaignent des cas de décès prématurés intervenus dans le village par suite d'empoisonnement ou de sorcellerie. L'empoisonnement et la sorcellerie sont perpétrés chez nous ici, à travers des substances mortelles et aux moyens des envoûtements et de diverses techniques diaboliques. Des actes que la conscience réprouve. Ces choses ont été transmises par les anciens. Car, les enfants et les jeunes ne les connaissaient pas. Nous avons donc peur et cette hantise nous lance sans fin dans la course effrénée vers les amulettes, les anneaux ou bagues, les ceinture, les bracelets, les colliers, voire les sous-chemises de protection, de telle sorte que nous ne sommes plus libres. C'est pourquoi, nous nous interrogeons sur la qualité de nos enseignements initiatiques. Certains jeunes inaptes ayant appris des savoirs secrets, se retournent indûment contre leurs frères et sœurs pour des questions de jalousie, d'égo, d'assouvissement de plaisir, etc. Nous estimons qu'un initié ne doit en aucun cas agir de la sorte. Car la voie initiatique tend plutôt vers la perfection humaine. Notre respectueuse initiation traditionnelle nous incite plutôt à nous élever et à gravir l'échelle des valeurs traditionnelles.

- Secundo : les jeunes demandent au village, représenté par le chef de village, de favoriser ou de créer des conditions de travail pour tous. Nous constituons une communauté rurale de développement, une structure déconcentrée, plus ou moins autonome. En conséquence, nous devons nous organiser pour mieux résoudre nos problèmes, nous-mêmes, avant de tendre les mains à l'Etat ou aux autres. Dit-on, « aides toi, ciel t'aidera ». Dans le village, il y a des jeunes dont les parents ne possèdent pas de terres agricoles. Mais la majeure partie de la jeunesse est issue dans des familles propriétaires terriennes. Il y a des familles qui possèdent de très vastes terres et des bas-fonds agricoles, sans parvenir à cultiver le tiers (1/3) dans l'année. C'est pourquoi, nous vous prions de bien vouloir trouver la solution idoine pour permettre à tous d'avoir un endroit pour cultiver, quitte à encadrer cela dans des formules juridiques et sociales. Nous voulons rester chez nous et réussir. C'est bel et bien possible. Cela éviterait aussi la course vers les magies noires et l'argent facile, alors qu'il faut compter sur ses propres efforts.

- Tertio : nous souhaitons qu'à part des domaines particuliers, nous puissions identifier ensemble les restes des terres agricoles qui sont dans les limites de notre village. Nous savons qu'il en existe, mais il se trouve que certaines familles influentes parmi nous tentent de s'en approprier. Notre communauté rurale pourrait les répertorier parmi ses biens communaux et les sécuriser à travers des moyens juridiques pour se prémunir contre tous, y compris l'Etat. Ainsi, nous pourrions les mettre en valeur en fonction de leurs situations environnementales, en créant, soit un jardin botanique, soit un site touristique, soit une plantation communautaire, soit un parc, où la faune et la flore seront rigoureusement protégées, etc., cela pourrait nous procurer  des revenus et d'autres bénéfices immenses. Quand Pépé eût fini de parler, il s'adressa aux jeunes : ai-je fait un compte- rendu conforme, jeunes du village ? Ai-je oublié quelque chose ? Ils lui répondirent par des applaudissements.


Le chef de village le remercia et lui demanda de prendre place, avant de donner la parole à la représentante des femmes. A son tour, maman Lila prit la parole et déclara : nous remercions le chef de village, nos vieux et vieilles, nos époux, nos hôtes et nos enfants. Nous souhaitons Bonne Année à tous. Nous aussi, nous vous faisons part de nos préoccupations suivantes :

- Dolo ka (premièrement) : nous sommes inquiètes au sujet des tarissements de nos rivières et marigots, de l'appauvrissement de nos terres nourricières, auxquelles nous nous identifions, de l'inclémence du temps, des rendements médiocres de nos champs agricoles, du grave phénomène de désert qui s'avance à grand pas et de l'impétuosité des vents. Aussi, devrions-nous avoir des forages au village, comme le problème de l'eau potable devient de plus en plus difficile.

- Velè naa (deuxièmement) : nous sommes actuellement obligées d'effectuer des kilomètres de marches et en dehors des limites du village pour aller chercher des feuilles, des écorces et des racines médicinales, afin de nous guérir de certaines maladies. Tout est presque décimé ici. Nous sommes de plus en plus intriguées.

Quel sera notre vie, sans l'environnement ? L'absence de notre couvert végétal a également fait provoquer la fuite des oiseaux qui nous émerveillaient tant.

- Zaba naa (troisièmement) : nous vous prions de bien vouloir mettre à la disposition de l'organisation villageoise des femmes, dénommée Lila kpon (association pour la paix), les bandes de terres agricoles qui longent le fleuve, lequel prend sa source dans la montagne sacrée. Nous pourrions faire le reboisement nous-mêmes, en y plantant des plantes médicinales et en y faisant des vergers. En outre, nous pourrions pratiquer sur lesdites bandes de terres et sur les bas-fonds du fleuve des activités potagères, afin d'apporter la diversité dans nos régimes alimentaires. Après ces paroles, elle dit : chères mères, mon compte-rendu est-il conforme ? Elles répondirent : oui ! Le chef de village la remercia et lui demanda de prendre place, avant de donner la parole au représentant des pères de familles.

Papa Holokulo se leva et déclara : nous qui sommes les pères de familles de ce village, nous reconnaissons notre responsabilité dans le changement climatique par l'usage de techniques agricoles archaïques, notamment l'agriculture par brûlure, sans chercher d'autres bonnes manières plus intelligentes et sans chercher à perfectionner les instruments de travail. Aussi, n'avons-nous pas amélioré ou varié notre alimentation essentiellement basée sur le riz, alors qu'il y a d'autres aliments qui font bien vivre. Nous détruisons la flore et nous continuons à décimer la faune, alors qu'il suffit de développer l'élevage : volailles, petits et gros bétails, la pisciculture, l'escargotière, etc., pour épargner dès fois nos animaux sauvages qui sont également dans la chaîne de l'écosystème. Cependant, nous nous plaignons contre l'Etat qui a énormément détruit chez nous sans s'en soucier des conséquences néfastes qui nous assaillent maintenant. Il autorise des sociétés commerciales à venir couper des milliers de bois dans nos forêts sans exiger et contrôler l'action de reboisement dans le long terme. Les industries étrangères de bois ont abusé et spolié nos forêts. Le même Etat envoie des sociétés minières pour vider nos terres de leurs ressources naturelles sans pratiquement exiger une meilleure étude environnementale et sociale préalable. La technologie mise en place pour l'exploitation minière est souvent démodée. Le gouvernement se préoccupe plutôt de l'approvisionnement de ses caisses publiques et surtout privées, sans véritablement se préoccuper de l'impact des exploitations minières sur la population et sur l'écosystème. Le contrôle ou le suivi n'est jamais effectif, alors que le pays dispose une législation en matière de SRE (la responsabilité sociale et environnementale) et d'ISR (investissement social responsable). Tout se fait contre les intérêts vitaux de la communauté locale et de l'écosystème. Nos terres de bauxite, l'or et les diamants de nos sous-sols sont actuellement exploités à outrance dans des conditions nébuleuses et de corruption nuisibles. Très bientôt, nos montagnes de fer connaîtront aussi ce triste sort. Ainsi, au lieu du développement, d'un apport au développement véritable, c'est l'appauvrissement qui se constate amèrement. Le pire, dans certains endroits du territoire national, l'extraction des matières premières entraine des déplacements de villages, des profanations de cimetières, l'intoxication au moyen des produits chimiques trop dangereux, tel que le cyanure, la pollution aggravée de l'environnement et des eaux, la détérioration de la santé, la dégradation, voire la suppression systématique de la vie ambiante. Les députés sont muselés par le pouvoir exécutif. Le pouvoir judiciaire exercé à travers ses organes sont réduits au silence. Le pire, la moindre révolte ou action d'empêchement de la part des villageois ou de quelques individus sera réprimée dans le sang, sans justice. Nous ne devons plus jamais accepter ce procédé criminel, cette façon rocambolesque de l'Etat pour nous régenter. Par ailleurs, nous nous plaignons de la paraisse de nos enfants qui traînent au village dans la délinquance. Nous qui sommes pères de familles, avions jadis aidé nos défunts parents à faire des plantations et des élevages. Aujourd'hui, ces plantations ont vieilli. Nos enfants veulent profiter seulement du fruit de nos labeurs sans prendre leur responsabilité. Cette facilité et ce laisser-aller ne doivent plus continuer. Une solution doit être trouvée, le plutôt que possible, afin que notre village aille de l'avant et qu'il soit un modèle pour les autres. Dès qu'il eût parlé, il s'assit.

Après ces interventions, le chef de village se leva de nouveau, sa queue de lion toujours en main. Il regarda momentanément l'aigle qui était encore là avant de prononcer ces mots : je remercie les représentants pour les comptes rendus faits et je remercie chacun d'entre vous pour ces échanges combien enrichissants. Vous avez tous bien cerné nos problèmes auxquels nous apporterons ensemble les solutions idoines. Je me concerterai avec le conseil des sages pour définir la méthodologie du travail. Des cellules de réflexion seront créées et élargies à nos étudiants, à nos cadres intellectuels et à nos ressortissants qui se trouvent ailleurs pour avoir leurs contributions. Je veillerai pour qu'il y ait la diligence et sous peu, nous nous rassemblerons encore pour prendre ou adopter les décisions qui conviennent. Pour ma part, dit-il, j'ai longuement réfléchi et observé les faits durant des années. Je suis parvenu à la conclusion selon laquelle, le monde est le reflet de soi-même. J'ai décrypté les signes du temps et j'ai trouvé que tout a changé sous le soleil et je m'en inquiète. Ce changement, on le constate sur les visages, dans les comportements, dans les paroles, dans le réchauffement, dans l'air, dans l'eau, dans la terre, ... Le temps qui change tout, change aussi les humeurs. J'en ai discuté avec mon fils Gérôme. Il est universitaire. Il est venu passer ses vacances avec nous et il est bien présent parmi nous ici. Il avait résumé l'ensemble de mes préoccupations profondes en parlant de changement climatique. Hélas ! Nous en sommes au labyrinthe de ce changement climatique catastrophique. Comme heureusement il est là, je trouve nécessaire qu'il nous en parle, lui-même.

Séance tenante, il demanda à son fils de se tenir au milieu du peuple pour apporter l'éclairage sur le problème gravissime que représente le changement climatique. Sans désemparer, son fils Gérôme prit la parole pour dire ce qui suit : après des études et des expériences scientifiques rendues publiques aujourd'hui par les hommes de sciences, il est désormais admis que le changement climatique est l'augmentation démesurée des températures liées aux activités économiques et industrielles, notamment aux gaz à l'effet de serre.

Voici comment s'explique l'effet de serre : le soleil envoie sur la terre ses rayons qui la réchauffent. La terre et les océans absorbent une partie de la chaleur avant de retourner le reste vers l'atmosphère. Les chaleurs qui sont émises par les plantes, les êtres vivants et les volcans remontent également vers l'atmosphère. Il y a dans l'atmosphère des gaz qui retiennent une partie des chaleurs renvoyées par la terre, la flore, les êtres vivants, ainsi que les volcans et font en sorte qu'elle se maintient à une température permettant aux humains de vivre confortablement. Ce sont ces gaz là qu'on appelle gaz à l'effet de serre. Sans eux, la chaleur retournerait dans l'espace et la température terrestre serait de – 18 degré Celsius. Ainsi, grâce à l'effet de serre, la température moyenne de la terre est de 15 degré Celsius. Sur venus, où l'atmosphère est très chargée en gaz carbonique, la température moyenne est de 420 degré Celsius. Sur mars, où l'effet de serre est absent, la température moyenne est de – 50 degré Celsius.

Mais, d'où viennent ces émissions de gaz à l'effet de serre ? Il est prouvé scientifiquement que la hausse des émissions de gaz à l'effet de serre est la principale cause des changements climatiques. Certains gaz à l'effet de serre sont naturellement présents dans l'atmosphère, alors que d'autres sont d'origine humaine. Parmi les gaz à l'effet de serre d'origine naturelle présents dans l'atmosphère, certains s'y trouvaient avant l'apparition de l'homme. Par exemple, le gaz carbonique ($CO_2$) est émis naturellement par la respiration et la décomposition des êtres vivants, les éruptions volcaniques et les feux de forêts. Une partie du gaz carbonique atmosphérique est absorbée à travers le processus de la photosynthèse et emmagasinée dans les forêts, les sols et les océans qui jouent le rôle de puits de carbone. A côté des gaz à l'effet de serre d'origine naturelle, il y a les gaz à l'effet de serre d'origine humaine. Ce sont des gaz qui sont émis dans l'atmosphère en raison des activités de l'homme. Ces activités génèrent d'abondantes quantités de gaz carboniques qui proviennent principalement de la combustion des énergies fossiles (charbon, pétrole et gaz naturel), la production d'énergie (électricité, chauffage) et de transports (principalement les voitures, les avions et les bateaux) qui causent le réchauffement climatique. Ensuite, arrivent la gestion des territoires, notamment la déforestation, l'agriculture, l'élevage des ruminants et les déchets qui se retrouvent dans les sites d'enfouissement produisant également d'importantes quantités de méthane ($CH_4$), un gaz à effet de serre très puissant. Plusieurs autres activités humaines libèrent des gaz à l'effet de serre. Par exemple, les climatisations, les réfrigérateurs et les congélateurs contiennent les gaz fluorés, tels que les halos carbures. En raison de leur nature chimique, les halos carbures contribuent à deux problèmes environnementaux majeurs, à savoir : l'appauvrissement de la couche d'ozone et les changements climatiques. Les émissions de gaz à l'effet de serre tout comme les épisodes de smog (mélange de fumée et de brouillard qui se trouvent parfois au-dessus des concentrations urbaines et surtout industrielles), l'amincissement de la couche d'ozone, etc., contribuent à la pollution atmosphérique, ce qui a des conséquences sur la santé des personnes et sur l'écosystème, tant à l'échelle continentale, qu'à l'échelle de la planète. Depuis le début de l'ère industrielle, les gaz à l'effet de serre produits par les hommes ne cessent d'augmenter démesurément. La quantité des émissions s'accroît rapidement à une vitesse de croisière et modifie la composition de l'atmosphère. En relevant que tous ces gaz à l'effet de serre ont une durée de vie qui peut atteindre plusieurs milliers d'années. Le résultat en est que l'effet de serre est devenu trop puissant, ce qui fait réchauffer notre planète à une vitesse alarmante.

Les scientifiques notent que ce sont les populations des pays en voie de développement qui seront les plus exposées aux conséquences des changements climatiques, notamment à cause de leur pauvreté ou manque de moyens. Cependant, certains hommes de sciences disent qu'il se peut que les conséquences dépassent les capacités de réponse des systèmes naturels et humains qui se trouveront définitivement détruits et ce sera la fin du monde, l'apocalypse.

Ces explications scientifiques données par Gérôme répandaient l'effroi. Les villageois avaient l'air empêtré et demeuraient pantois. Son papa le remercia et lui demanda de reprendre sa place. A la suite de son fils, il dit : maintenant, nous connaissons le mal du siècle : le changement climatique. Sans plus tarder, nous devons nous mettre au travail. Le bon diagnostic de ce mal nous permet à présent d'apporter les solutions que nous pouvons à notre niveau. Jurons que nous n'accepterons plus nous laisser emporter par ce mal. Dit-on : « qui veut voyager loin, ménage sa monture ». Sur ce, il donna la parole au guide spirituel du village, le vieux Tinyan (vérité) pour faire des bénédictions d'usage. Toute cérémonie sociale, festive ou de deuil (baptême, mariage, funérailles, etc.) et toute assise familiale ou communautaire commencent et se terminent par des bénédictions. Le vieux Tinyan se leva et proclama : chers frères et sœurs !

*Que la paix soit avec nous !*

Je vous remercie de tout mon cœur pour vos contributions salutaires. Nous avons bien analysé les graves problèmes qui se posent à nous. Nous ne nous laisseront jamais vaincre par les difficultés de ce monde. Unissons nos efforts pour relever les défis. Soyons rassurés de l'aide de Dieu, de l'assistance de nos ancêtres et des esprits protecteurs de notre village si nous nous mettons au travail dès aujourd'hui.

*Que chacun rentre sain et sauf !*

*Que Dieu exhausse nos prières !*

*Que la fin de chacun soit bonne !*

*Que Dieu nous bénisse et nous éloigne le mal !*

De nombreuses bénédictions furent dites pour le village, pour ceux qui étaient là, pour les absents et pour le pays, ainsi que pour le monde entier.

Enfin, le chef de village clôtura la tenue de l'assemblée en souhaitant un bon retour à chacun. Il prit le temps qu'il fallait pour affectueusement serrer les mains de chacun : bébés, enfants, adolescents, adultes et les vieilles personnes. La dernière poignée de main fut accordée au guide spirituel du village. A la fin de ses salutations combien chaleureuses, l'aigle royal qui était sur la cime du grand arbre durant tout le temps de l'assemblée se leva pour planer tout autour de la foule, en formant un cercle. Puis, il s'en vola tout droit, par la verticale, vers le firmament du ciel, où l'œil ne pouvait plus voir. Cette épiphanie fut interprétée différemment. Certains y voyaient une manifestation divine, tandis que d'autres pensaient à la présence d'un esprit salutaire, ou à celle du vieil ermite de la montagne, ou encore au double du chef de village. En tout cas, sa présence miraculeuse avait certainement un sens qui devra être élucidé par les anciens. Car rien ne se fait sans cause.

Face à leurs croyances, à l'idée de providence, à la vie cyclique et éternelle, les villageois étaient désormais avertis par les connaissances scientifiques que le monde aura inéluctablement une fin et que cette fin peut être malheureusement raccourcie et même tragique à cause des comportements crapuleux des humains. Ces connaissances scientifiques leur ont permis de prendre conscience de la dure réalité qu'est la finitude. Ils commencèrent à bien apprécier les avantages de la science et des connaissances scientifiques sur l'effet de serre permettant aux hommes de mieux faire face à leurs responsabilités. Grâce aux explications scientifiques fournies par leur fils universitaire, ils ont bien su comment les hommes sont-ils arrivés à ce stade de changement climatique combien déplorable et inquiétant. Depuis ce jour, le doute s'empara de certains cœurs qui commencèrent à mettre en cause, à critiquer certaines données ou croyances culturelles. Les débats et les échanges initiés par le chef de village permirent aux villageois de réfléchir et d'apporter de bonnes solutions aux graves problèmes qui les assaillaient. Leurs échanges furent fructueux. Toutes les catégories sociales s'étaient exprimées dans la sincérité et la fraternité pour mieux cerner les difficultés quotidiennes, afin de pouvoir relever ensemble les défis.

A la fin de la concertation, les artistes qui avaient senti les inquiétudes qui apparaissaient sur certains visages, à cause des explications scientifiques données sur les graves conséquences des émissions de gaz à l'effet de serre, reprirent de plus bel les musiques comme ils savent bien le faire, pour faire dissiper dans les cœurs cette inquiétude profonde. Et la joie revint dans les cœurs. Ils se saluèrent, en se donnant des aux revoir. Mais, pas un adieu. Car, s'il plaît à Dieu, ils se reverront à la fête de Bonne Année à venir. Les villageois accompagnèrent leurs hôtes. Tous savaient maintenant que le changement climatique pose la question cruciale de responsabilité.

# 5 - De la responsabilité

Dans la nuit, Paul arrive au village pendant que ses enfants dormaient profondément. Il était très fatigué à cause de l'état de dégradation trop poussé des routes. Les sociétés de construction d'ouvrages routiers ne font pas correctement le travail pour lequel elles ont été payées. Le ministère de l'Etat qui s'en occupe ne fait pas de contrôle. Pendant l'exécution des travaux de construction, il est même facile de s'apercevoir de la précarité du travail à ce niveau. Les défaillances ou malfaçons se constatent à vue d'œil, sans qu'on exige les réparations qui s'imposent. Curieusement, des mamaya (cérémonies emphatiques ou d'apparat) sont organisés pour réceptionner ces ouvrages inachevés et scandaleux. Les autorités se préoccupent plutôt de leurs poches, au détriment de la qualité d'un travail pour le long terme. A cause de la défectuosité du travail accompli, les routes se dégradent dans les mois qui suivent. Cela nécessitera encore d'autres décaissements qui seront utilisés dans les mêmes conditions précédentes. Ainsi, nous demeurons dans ce cercle vicieux, à cause de la corruption et d'un manque de vision. Il en est de même pour les travaux de construction ou de rénovation des bâtiments publics dont les coûts sont gonflés exagérément pour peu de choses, dans le but de s'enrichir sur le dos de l'Etat. Chaque fois qu'il est question d'un investissement de l'Etat, les prix sont revus à la hausse sans justification valable. Il n'y a pas de véritables contrôles dans l'utilisation des fonds ou budgets alloués, à cause de la corruption à tous les niveaux. De telle sorte que l'Etat n'existe que pour quelques individus. Le pire, ces profiteurs manœuvrent nuits et jours pour enchaîner l'Etat dans cet état déplorable.

La voiture de Paul était donc entièrement couverte de bouillasses. Dieu merci, il n'avait pas eu de panne en cours de route. Le matin, les enfants furent contents de la venue de leur papa. La présence de la voiture dans la concession suffisait pour déduire la présence de leur père. Ils reconnurent cette voiture, malgré la fange qui la camouflait. Ils ne pouvaient pas se tromper de leur voiture, dans laquelle ils sont régulièrement transportés pour aller à l'école. En cette matinée, leur papa dormait encore. Ils savaient qu'il était épuisé à cause du long voyage et qu'il n'est point dans ses habitudes de rester au lit à pareille heure. Leur papa n'aimait pas les grâces matinées. Ils se sont donc abstenus de le réveiller. Par contre, ils procédèrent au lavage propre de la voiture. Lorsque leur papa se réveilla, ils vinrent et se jetèrent dans ses bras en criant de joie. Ils le cajolèrent. Ils lui demandèrent les nouvelles de leur maman, Mamie Louise. Celle-ci n'était pas venue, à cause du fait que dans son service, on n'accorde pas de vacances et on ne paye pas non plus de primes pour les travaux supplémentaires durant les vacances. Pourtant, c'est un droit pour tout travailleur, qu'il soit dans le secteur privé ou public, de bénéficier d'un mois de congé dans l'année. Après le déjeuner, Paul et ses enfants allèrent visiter les plantations de café et de cola de leurs parents. Ils y trouvèrent le jeune homme, Zaoro, qui était chargé de l'entretien de ces plantations. Les enfants comprirent la raison des paiements mensuels régulièrement envoyés au village par leur papa. Celui-ci leur disait souvent que c'est un devoir sacré pour un homme de subvenir aux besoins alimentaires et sanitaire de sa famille et de ses vieux parents. Ils cueillirent quelques gousses de cola en maturité et visitèrent certains champs agricoles : riz, arachide et manioc, avant de repartir au village. Sur la route de retour, les enfants lui racontèrent le récit de la fête de Bonne Année qu'ils ont appris du grand-père. Sa fille cadette, Marie, l'informe qu'il y aura un débat la nuit, au clair de lune. Son papa lui répond : je serai vraiment content de participer à ce débat dont je ne connais pas l'objet. Sa fille réplique en lui disant : acceptes la surprise. Ils sourirent tous en espérant voir apparaître la lune, après le coucher du soleil.

Dans la soirée, Paul demande à ses enfants de l'accompagner pour aller saluer et offrir les cadeaux qu'il a apportés de la capitale pour sa sœur Göbou et pour son grand-frère Nyakoye. Il était aussi important que ses enfants s'habituent à eux et à l'ensemble de leurs fils, afin qu'ils sachent que la famille Africaine dépasse largement le cadre biologique. Quand ils furent arrivés, les autres enfants qui s'y trouvaient, à savoir : les frères et sœurs, les cousins et cousines, ainsi que les neveux et nièces prirent les mains de Marie et de ses deux frères, André et Jacques pour partir se promener partout dans le village, pendant que leurs parents s'entretenaient. Nyakoye présenta une doléance à son jeune Paul, afin que celui-ci accepte de prendre avec lui sa fille Lila pour aller continuer ses études chez lui. Elle était admise au brevet. Sa petite sœur Göbou le supplia aussi pour recevoir son fils aîné. Elle voulait que celui-ci parte dans la capitale pour apprendre un métier. Paul agréa leurs demandes et il fut grandement remercié par eux. Il s'engagea à prendre soin de leurs enfants au même titre que ses propres enfants. Car, il arrive souvent que ceux qui viennent au village, prennent des enfants d'autrui en promettant de les aider, alors qu'ils feront d'eux des esclaves de maison. Tel ne sera pas le cas de Paul qui est connu comme un homme de bonnes mœurs. Au retour des enfants, la nouvelle leur fut annoncée. Les heureux retenus manifestaient des joies immenses, tandis que les autres exprimaient leur désir de partir aussi avec eux. Paul prit le temps pour les calmer et promit de penser à eux, dès qu'il sera possible. Comme la nuit avançait à grand pas, Paul et ses enfants demandèrent à rentrer. Ils furent raccompagnés. A la maison, Nyakoye et Göbou annoncèrent à leur vieux papa Tahé et à leur vieille maman Pola Hèni, les dons qui leur furent offerts par leur frère Paul et son acceptation de prendre avec lui deux de leurs enfants : Lila et Germain. Les vieux parents et les enfants furent tous contents et remercièrent Paul pour tous ses bienfaits.

Au clair de lune, les enfants vinrent avec leurs tabourets en main pour s'asseoir en plein air dans le lieu habituel. Ils y trouvèrent leur papa assis au milieu de son vieux père Tahé et de sa vieille maman, Pola Hèni. Le cercle se forma. Le vieillard dit : mes petits-fils, j'ai appris de votre papa qu'il y aurait un débat entre nous. J'imagine que cet échange portera sur la responsabilité dans les émissions des gaz à l'effet de serre. Paul sursauta de curiosité et s'empressait pour écouter ses enfants sur ce sujet crucial et épineux.

André : oui grand-père, c'est bien sur ce thème que nous souhaitons un échange.

Paul : eh bien ! Nous vous écoutons.

Marie : je suis certaine que le pire ennemi de la civilisation, ce sont les émissions exagérées des gaz à l'effet de serre par les humains. Ce qui signifie que ce sont les hommes qui sont les vermines de la terre. Ils détruisent impitoyablement la terre sur laquelle ils vivent par leurs émissions démesurées des gaz à l'effet de serre. Nous nous donnons la mort et nous provoquons aussi la destruction du monde. Quelle désastre et stupidité !

Jacques : cette affirmation générale me paraît juste. Mais je pense qu'il serait souhaitable d'être plus précis. Il est vrai que ce sont les émissions des gaz à l'effet de serre d'origine anthropique qui sont à la base du changement climatique. Cependant, ce sont les pays dits développés ou super industrialisés qui sont foncièrement la cause de ce mal du siècle. L'explication simple est qu'ils sont les gros consommateurs des énergies fossiles, des courants électriques et les détenteurs des réacteurs nucléaires, dont certains sont défectueux. Ils sont également les gros pollueurs à travers les moyens de transports qu'ils utilisent. En outre, ils sont les propriétaires des plus grandes industries lourdes du monde dont certaines génèrent des déchets hautement toxiques et mortels. Sans oublier leurs futs de déchets radioactifs enfuis dans les sous-sols. Donc, point de comparaison entre leurs émissions de gaz à l'effet de serre et celles provenant de l'agriculture par la brûlure pratiquée par les villageois. Dès lors, ils endossent la responsabilité du changement climatique. Si ce beau monde arrivait à s'enflammer un jour à cause du réchauffement climatique, ils en seront les responsables.

<u>André</u> : je pense qu'on ne peut mettre à l'écart la responsabilité de Dieu dans cette affaire. Il y a Dieu, le créateur de tout et la liberté des hommes.

<u>Marie</u> : il est désormais prouvé que les gaz à l'effet de serre sont nécessaires pour le maintien de la vie sur la terre. Ce qui est dénoncé, c'est la hausse démesurée des émissions de gaz à l'effet de serre. Les hommes ont galvaudé leurs talents en outrepassant le seuil tolérable des gaz à l'effet de serre.

<u>Jacques</u> : justement ! Suivant les données scientifiques fournies par le fils du chef de village, le $CO_2$ qui est l'un des gaz à l'effet de serre existait bien avant l'apparition des hommes sur la terre. Il était émis naturellement par la respiration et la décomposition des êtres vivants, les éruptions volcaniques et les feux de forêts. Mais à ce niveau, l'effet de serre était très bas. On nous dit qu'à l'âge glaciaire, la température variait entre 5 à 6 degré Celsius et le dernier âge glaciaire date d'environ 18 000 d'années. Aujourd'hui, l'action humaine, notamment celle des pays dits super développés, a élevé la température moyenne de la terre à 15 degré Celsius. Donc, c'est l'exagération dont les pays à l'arme atomique et trop industrialisés se sont rendus coupables qui est incriminée. Les plus grands cataclysmes que l'homme risque de subir seront ceux qu'il créera lui-même.

<u>André</u> : il est incontestable que l'homme a reçu un capital qu'il cherche à accroître, il ajoute à ce qui existe déjà. Tenez ! Sur mars, où l'effet de serre est absent, Dieu n'a pas permis la vie et sur venus, où l'atmosphère est chargée en gaz carbonique, Dieu n'y a pas également permis la vie. Cependant sur la terre, Dieu a permis la vie. Un potentiel, minime soit-il, en tout cas un départ ou un commencement a été mis par lui. On ne saurait le contester valablement.

<u>Jacques</u> : tu viens de parler des cas extrêmes concernant deux planètes où Dieu n'a pas permis la vie. Et tu as évoqué le cas de la terre où Dieu a permis la vie, en adoptant le juste milieu entre ces deux extrêmes. Donc sur la terre, Dieu a bien dosé l'effet de serre pour permettre la vie qui résulte de l'harmonie, du juste milieu. Dès lors, on ne peut raisonnablement faire de reproches à celui qui s'est montré juste. Mon frère André, dit Jacques, les prémices de ton raisonnement syllogistique devraient nécessairement t'amener à la conclusion sur le juste milieu.

<u>André</u> : la question de juste milieu ou de justice est relative.

<u>Jacques</u> : ah ! Tu insinues que la création est une mauvaise chose.

37

André : je n'ai pas dit cela, parce que la création a existé avant l'homme. Qui était là pour apprécier ou juger, sinon que le Créateur lui-même.

Jacques : donc, c'est l'homme qui n'aurait dû pas être crée.

André : je n'ai pas non plus dit çà. Parce que c'est le Créateur qui connaît véritablement pourquoi il crée et pourquoi il a créé l'homme.

Jacques : euh ! Détermine-toi mon frère.

André : Dieu crée et met à même temps dans sa créature le germe ou le gène de sa destruction. Ses lois naturelles sont intangibles, implacables, telle que la finitude.

Marie : tonton André, que penses-tu de la liberté, de l'esprit, de la puissance illimitée de la pensée. L'homme n'est-il pas perfectible ?

André : l'homme n'est pas parfait et quel que soit sa bonne foi, il ne pourra jamais être parfait. Oh ! Oui, il est considérablement limité, même ses sens le trompent. La compréhension du réel lui échappe. Il ne peut connaître l'essence des choses. Dans ces conditions de vie, comment peut-on véritablement parler de liberté ?

Jacques : l'homme n'est pas abandonné à lui-même. C'est lui qui se laisse abandonner. Le potentiel que Dieu lui a gratifié peut même lui permettre de bien participer à son œuvre créatrice. Mais très malheureusement, il veut être anti Dieu. Pourtant, il n'est libre que quand il s'élève vers la perfection. Mais il chutera irrévocablement, s'il choisit le mal, s'il fait le mauvais usage de sa raison, de sa liberté en émettant excessivement des gaz à l'effet de serre pour assouvir son égo. Rabelais nous apprend que « science sans conscience n'est que ruine de l'âme. ».

Marie : tonton André, tu as parlé de nos limites, de notre emprisonnement dans la matière périssable, de nos sens qui nous trompent, mais j'ai appris dans l'un des livres rangés dans la bibliothèque de papa, que nos cinq sens ont leur prolongement pour l'initié qui sait découvrir : voir au-delà des yeux, sentir et percevoir ce qui est lointain, invisible à l'œil, toucher sans palper, etc., aussi, nos facultés ou pouvoirs psychiques sont-ils illimités ?

André : ma petite sœur bien-aimée, ne t'aventure pas trop. Parlons plutôt du changement climatique qui nous préoccupe tant. Face aux manifestations de Dieu, la logique et la raison sont vouées à l'échec et c'est ce que Dieu a voulu en créant l'homme tel qu'il est.

Marie : à l'Eglise, le curé nous avait dit dans son homélie que Dieu a un plan de salut pour les hommes. C'est pourquoi, ils ont été lavés dans le sang de l'Agneau immolé. Et de nos jours, Il a envoyé son Esprit Saint pour nous guider jusqu'à la fin des temps. Je souligne bien le mot « guider jusqu'à la fin des temps ». Vous savez ce qu'il signifie. Aussi, devrions-nous nous laisser guider par lui.

André : se laisser guider, c'est reposer encore la question de liberté, de responsabilité, alors qu'au fond, l'homme est plutôt conditionné. Donc profitons de tout ce que nous avons. Dans tous les cas, qu'on le veuille ou non, ce monde matériel finira un jour. Pourquoi avons-nous été créés ainsi et pas autrement ? Sommes-nous responsables de ce qui nous constitue ? Est-il juste de demander à l'homme de parfaire ce dont il n'est pas le créateur, alors qu'il est lui-même limité, faillible ?  Je me le demande.

Jacques : mon frère, laisses-toi transformer par la Bonne Nouvelle : le message de l'Amour. Si tu aimes, mon frère, tu te surpasseras et tu voudras le bien de l'autre, de la nature, de tous ceux qui vivent ou existent. Si tu aimes vraiment, tu te soucieras de l'avenir et tu te battras pour le rendre meilleur pour tous et pour les générations futures. Quand tu aimes mon frère, tu ne seras pas égoïste et tu consentiras d'énormes sacrifices, même au prix de ta vie, pour sauver la vie.

Marie : tonton André, qu'en penses-tu vraiment de la Grâce Divine et de l'œuvre du phénix : la réintégration de l'homme dans sa dignité primordiale ici-bas ?

André : je te rejoins sur ce terrain en pensant que l'homme ne pourra être sauvé que par la Grâce de Dieu. Car, il est vraiment limité et imparfait. Ses œuvres sont également imparfaites.

Jacques : se laisser guider implique nécessairement une prise de conscience, des choix positifs à faire, une liberté assumée, la responsabilité, …

Marie : chers parents, que dites-vous de nos propos éristiques, de tout ce que chacun de nous pense et affirme ?

Paul : vos grands-parents et moi-même apprécions la qualité du débat. Cet échange a été enrichissant. Mais comme la nuit est très avancée, nous en parlerons largement les jours à venir.

Toutefois, je vous encourage tous à frapper à la porte de l'occultisme, d'où viendront les véritables réponses au phénomène du changement climatique. Par exemple, l'un des enseignements de cette noble science occulte est l'invitation de l'homme à la recherche dans la liberté et à s'élever en vertu : l'harmonie sur la domination, l'unité sur l'opposition, l'amour sur l'égoïsme, le pardon sur la vengeance, l'esprit sur la matière, …

Dans mon cheminement initiatique, dit-il, on m'a appris que je dois tout d'abord chercher à me connaître et à bien étudier les lois de la nature. Puis, devrais-je utiliser les lois contre les lois : le supérieur contre l'inférieur et par l'art de l'alchimie mentale, transmuter les choses viles en choses précieuses pour triompher. Par-là, échapper aux souffrances des plans inférieurs en vibrant sur les plans supérieurs.

Mes enfants, soutient-il, une telle sagesse amène à reconnaître que le monde a une finalité qualitative. En conséquence, l'homme prométhéen est tenu de respecter les lois de la nature.

Après cette brève intervention, Paul soumet à ses parents sa proposition de voyage avec ses enfants, le lendemain matin pour la capitale. Les vacances étaient presque terminées et ses enfants avaient déjà fait plus de deux mois au village. Il était donc temps de partir.

<u>Pola Hèni</u> : la présence des enfants parmi nous a réjoui nos cœurs. Nous souhaitons qu'ils viennent régulièrement pour nous saluer. Ils nous caressaient et ils ont bien réussi à réchauffer notre foyer. Ils vont nous manquer. Cependant, dire maintenant que vous irez le matin très tôt sans nous en informer au paravent, me met mal à l'aise. Comment pourrai-je avoir sitôt des cadeaux, un viatique, pour mes petits-enfants en cette nuit ?

<u>Paul</u> : je vous prie maman. D'habitude, tu leur fais des cadeaux, des nourritures à prendre en cours de route. La prochaine fois tu le feras.

<u>Pola Hèni</u> : nous te remercions pour tes aides constantes à notre égard. Que Dieu vous bénisse ! Transmets nos salutations affectueuses à ta femme Mamie Louise. Faites un bon voyage et appelles nous régulièrement. Nous voulons être informés de vos nouvelles. Sois prudent dans la conduite et vas doucement.

<u>Vieux Tahé</u> : nous sommes peinés de voir qu'après soixante-et-un ans d'indépendance, nos routes principales qui relient nos provinces ne soient pas bonnes, à fortiori nos routes secondaires. Vous ferez un bon voyage. Nous ne cesserons jamais de prier pour vous. Par ailleurs, j'espère que tu feras droit à ma requête concernant ton premier fils André. Ainsi les vacances prochaines, je pourrai proposer aux aînés son initiation traditionnelle. Le débat de cette nuit confirme la nécessité pour moi de le mettre sur la voie initiatique. Il est maintenant

nécessaire qu'il reçoive le dépôt que nous-mêmes avions reçu de nos ancêtres : nos connaissances sur l'homme, sur l'univers, sur le visible et l'invisible, notre compréhension sur la vie, sur l'au-delà, sur les rapports humains en lien avec l'écosystème, sur l'origine du monde, sur le devoir humain, sur notre espérance, sur les vertus, sur notre vie communautaire, sur l'essence des choses, … Je leur ai parlé d'une façon générale de la vie communautaire dans le village et tant de choses pendant leur séjour parmi nous. Mais l'initiation Traditionnelle lui permettra de connaître davantage. Revenir à l'origine, au commencement est source de bonheur.

<u>Paul</u> : certainement, je reviendrai ici avant les vacances prochaines pour passer quelques jours avec vous. A cette occasion, nous en parlerons de vives voix.

<u>Tahé</u> : cela nous fera plaisir. Après cet échange, le vieillard souhaita à chacun de passer une bonne nuit.

Au premier chant des coqs, Paul réveilla ses fils et les enfants qu'il avait acceptés pour aller avec lui. Après les toilettes, ils embrassèrent le vieux et sa vieille femme. Marie promit de revenir aux vacances prochaines pour écouter d'autres bonnes histoires du grand-père. Ils se souhaitèrent des aux revoir. Puis, ils s'embarquèrent pour la capitale.

Après le départ, le vieux Tahé alla se coucher dans son hamac. Il avait la nostalgie de ses petits-fils partis, tellement qu'il les aimait. Ses sentiments pour eux lui faisaient couler les larmes. Comme il avait fait une chaleur accablante toute la journée, il y eut, dans la soirée et dans la nuit, un violent orage qui secoua le village tout entier. Sur son lit, il continuait à penser qu'il était maintenant nécessaire pour les villageois qui subissent de plus en plus les effets du changement climatique, de porter leurs voix sur les plus hautes instances de prises de décisions mondiales et de conscientiser les gros pollueurs du monde. Il se disait : allons-nous vraiment accepter de vivre dans la paix ou dans l'atrocité ?

# 6 - Changement dans la paix et pour la paix

Les préoccupations des villageois exprimées à l'occasion de la Bonne Année furent examinées et les décisions prises furent mises en exécution. Ils étaient tous convaincus que l'investissement dans le long terme et respectueux de l'environnement pouvait atténuer les effets nocifs du réchauffement climatique. Grâce à leurs efforts de longue haleine, le village redevint une oasis, un modèle pour les autres. Il eut un changement dans la paix et pour la paix. Ce changement s'est effectué dans les domaines suivants :

- Les reboisements : les villageois reconstituèrent le couvert végétal. Ils créèrent des jardins botaniques dans lesquels se trouvaient toutes les essences forestières du type tropical de la contrée et d'autres venant d'ailleurs. Les plantes médicinales y occupaient une grande partie. Le long du fleuve, de quelques grands marigots et des routes, les abords des sources d'eau, les pourtours et les sommets des collines, ainsi que les vallées furent tous reboisés. Des arbres fruitiers furent également plantés : manguiers, avocatiers, cocotiers, palmiers, goyaviers, papayer, pommiers, cacaoyers, caféiers, bananiers, jacquiers, orangers, mandariniers, pamplemoussiers, citronniers, colatiers, etc. La flore fut abondante. De grands arbres se dressèrent et certaines lianes grimpèrent en s'enroulant autour d'eux. D'autres lianes volubiles s'enroulaient en spirale autour des arbustes voisins. Les reboisements devenaient de plus en plus touffus. De nouvelles végétations qui n'existaient pas avant germaient de la terre fertile. Les plantes florifères rependaient dans la nature les odeurs de leurs parfums agréables. Cette flore admirable offrait aux yeux les merveilles des couleurs et des mélanges de couleurs, ainsi que des formes géométriques innombrables, comme les sables sur les plages. Tant de perfections et de beautés palpables magnifiaient l'œuvre créatrice de Dieu et des hommes.

- La faune : la flore fait toujours appel à la faune. L'abondance de la flore amène l'abondance d'animaux. La raison est que dans les forêts, il y a l'abondance de nourritures naturelles. La faune s'était donc diversifiée. Beaucoup d'animaux quittaient dans des endroits lointains pour venir s'y réfugier. On y voyait des multitudes d'espèces dont la plupart venait d'ailleurs. Les oiseaux étaient particulièrement heureux dans l'air, sur les cimes des arbres, sur les frondaisons, sur les branches des grands arbres et arbustes. Ils voltigeaient sur les plantes florissantes pour dévorer les insectes et pour sucer les jus délicieux qu'ils partageaient avec les abeilles et les papillons de toutes couleurs. Ils picoraient aussi les variétés des fruits que la flore leur offrait et manifestaient leurs joies par les pariades admirables et par des chants mélodieux codés qui réjouissent les cœurs. Leurs chansons rythmaient la vie villageoise dès l'aube, pendant le jour et dans la soirée. Même dans la nuit, certains oiseaux nocturnes contribuent par leurs chants à apaiser les cœurs pendant le sommeil. Les formes de leurs becs et les colorations de leurs plumages suscitaient tant d'émerveillements. Cette beauté sauvage amenait les hommes à magnifier les créatures de Dieu.

- Les activités agropastorales : les villageois trouvèrent de nouvelles approches intelligentes. Ils apportèrent certaines modifications au niveau des parcours de quelques grands marigots et du fleuve pour les faire passer dans des endroits ciblés. Des drainages et des canalisations se faisaient pour améliorer les rendements agricoles. La flore protégeait les sources d'eau, ce qui a permis l'augmentation du flux d'eau. Les déchets des animaux qu'ils élevaient étaient utilisés dans les jardinages potagers et sur certains sols pour ameublir. Le régime alimentaire fut diversifié pour permettre la succession des cultures durant toute l'année : le riz, le maïs, le fonio, le blé, le sorgho, le niébé, le manioc, l'arachide, l'igname, le taro, la patate, le haricot, le melon, les choux, la laitue, la betterave, les concombres, les pastèques, les carottes, le piment, le gombo, le sésame, les pommes de terre, etc. La diversité dans l'élevage (petits et gros bétails, les volailles, la pisciculture et l'héliciculture), permit d'épargner les animaux sauvages qui n'avaient plus de craintes à l'égard des hommes. Il n'y avait plus de fureur entre les villageois et les animaux sauvages. Les sites touristiques et parcs aménagés par les paysans leur procuraient des revenus importants. Les plaines et les bas-fonds furent aménagés et mis à la disposition de tous ceux qui aimaient le travail de la terre. Il n'y avait plus de chômage. Les conditions de travail étaient créées pour tous. La jeunesse redevint sage et dynamique. Le travail était glorifié. L'exode rural et l'émigration des jeunes pour d'autres endroits du monde furent maîtrisés.

- Le respect de l'environnement : le village était tenu propre. Les enceintes de l'école publique, du dispensaire du village, de la chapelle et de certaines concessions familiales, ainsi que les voies d'accès à la rentrée du village étaient plantées de fleurs. Tous ceux qui avaient des bétails devaient les mettre dans les enclos pour éviter qu'ils trainent partout dans le village. Chacun s'était habitué à la propreté. L'usage des plastiques et emballages qui détruisent l'environnement étaient interdits. Il était conseillé que chacun se serve de ses propres ustensiles adéquats, pour emporter chez soi les aliments achetés. A défaut, il était exigé d'utiliser les emballages biodégradables, tels que : les feuillages, les troncs d'arbres fabriqués en bol ou récipient multiformes bien adaptés pour garder les aliments, les paniers en rameaux ou pailles, etc., ou alors, rester simplement aux lieux aménagés aux fins des restaurations publiques pour se restaurer. Des lieux de toilettes publiques étaient aménagés et régulièrement entretenus. Les commerces des charbons de bois furent interdits. Avant, le village envoyait des centaines de sacs de charbons dans les villes pour vendre. Mais grâce à l'interdiction, la végétation s'est améliorée considérablement. L'usage des herbicides dans le but d'éviter le désherbage fut également interdit, ainsi que les produits chimiques ayant un impact dangereux sur l'écosystème.

- Les formations Traditionnelles : l'école de la spiritualité, du développement intérieur et des valeurs s'est renforcée. Aux yeux des villageois, la Tradition représente l'essentiel pour protéger la vie dans son ensemble et pour la rendre meilleure, voire parfaite. Les moyens consacrés pour une meilleure prise de conscience des questions fondamentales ou existentielles sont mis à la disposition de tous. L'occultisme fut rendu public pour rendre l'homme heureux et parfait. Les hommes incarnaient les vertus et le village redevenait un lieu paradisiaque. Le royaume de Dieu était présent dans le village et au-dedans de chaque paysan. Ce qui se trouve en haut, se retrouvait en bas. Au sujet du bonheur, Socrate n'avait-t-il pas dit : « Le secret du bonheur ne se trouve pas dans la recherche du surplus, mais en la capacité de jouir de moins. ». Il avait ajouté : « Plus riche est celui qui se contente de peu car la richesse est dans la nature. ». Le véritable pactole, c'est la nature. Des techniques de perfectionnement et d'épanouissement humain s'apprenaient, pour éviter que le monde plonge dans le feu. Les compréhensions des villageois sur la vie, sur le monde, sur l'homme, sur l'environnement, sur le surnaturel et sur l'essence des choses leur permirent de réaliser des changements positifs. Est-il dit : « Que tu ne pourras changer le monde qu'en te changeant toi-même car le monde ne sera toujours que le reflet de toi-même. ». Des hommes quittaient d'autres endroits du monde pour venir vivre ensemble avec eux. Ils étaient tous reçus à bras ouverts, à condition qu'ils s'adaptent à la culture du milieu. La rigueur était de mise pour éviter d'empoisonner ou de compromettre les acquis et l'esprit du village.

*Désormais, les cœurs des villageois s'étaient purifiés*

*Leurs esprits se tenaient tout droit*

*Ils étaient en communion avec Dieu*

*Et ils participaient à l'œuvre créatrice*


*La Lumière habitait en eux*

*Le vivant et le non vivant avaient place dans leurs cœurs*

*Ils s'aimaient les uns les autres*

*Et furent pour les autres, un modèle de vie réussie*


*La sagesse guidait leurs pas*

*La joie était dans leurs cœurs*

*La paix régnait dans le village*

*L'harmonie était rendue possible*


*Ils comprirent la complémentarité qui lie le tout,*

*La similarité des valeurs présentes dans la nature et dans l'homme :*

*La beauté, la richesse, le parfait, l'amour, …*

*Ainsi, ce qui se trouve dans la nature se retrouve en l'homme.*


Le mode de vie d'un peuple s'adopte. C'est un choix libre qui ne surgit pas ex-nihilo. Car, il représente la manière particulière d'un vivre en commun d'un peuple. Il se trouvait qu'en dehors des limites du village, la vie devenait de plus en plus infernale et catastrophique, à cause des graves désordres qui y régnaient. Dit-on : « Qui sème le vent, récolte la tempête. ». Mais, avec les nouvelles technologies informatiques et de communications, le monde devient un village. Le village de chacun et de tout le monde. Ainsi, les comportements des uns auront toujours des impacts sur la vie des autres. Mais, les hommes savent-ils réellement ce que le changement dans l'atrocité nous réserve ?

# 7 - Changement dans l'atrocité

Dans la chaleur matinale, le vieux Tahé monologuait. Il se disait : le changement, au lieu qu'il mène à la construction de l'avenir, il précipite le monde dans le malstrom et le livre aux flammes dévorantes de feu. Hum ! Nous voilà aujourd'hui. L'incrédulité et l'égoïsme se sont emparés des hommes. Pourquoi ?

Les villageois commençaient à ressentir les effets du changement climatique, malgré les louables investissements qu'ils ont réalisés et les sacrifices qu'ils ont consentis pour se prémunir contre l'exacerbation des gaz à l'effet de serre. Ils comprirent que leurs seuls efforts salutaires ne pouvaient pas résoudre ce phénomène mondial de réchauffement climatique. Ils ne représentaient qu'une goutte d'eau dans un océan, un grain de sable dans une plage. D'où la nécessité d'une concertation au niveau des Nations Unies ou d'une structure quelconque capable de réunir tous les Etats du monde, afin de trouver une solution globale à cette calamité mondiale. Heureusement, grâce aux études et expériences scientifiques, les hommes savent désormais le mécanisme de l'effet de serre, les causes du changement climatique et les solutions pour atténuer les effets de ce réchauffement climatique et comment s'y adapter. Les connaissances scientifiques aident énormément. Mais, si les pays pollueurs du monde continuent sur le chemin de la pollution, s'ils ne s'engagent pas à limiter leurs émissions exagérées des gaz à l'effet de serre et n'investissent pas dans les énergies renouvelables, le monde s'en ira à vau-l'eau. Malheureusement, l'ironie du sort fait que les mauvais comportements des uns peuvent aussi avoir des répercussions néfastes sur la vie des autres. Cela s'explique par l'interdépendance qui lie le tout. Nous habitons tous sur le même globe terrestre, ayant en commun les mêmes éléments naturels : le feu, l'air, l'eau, la terre. Nous avons en commun le même univers. Aussi, grâces à l'informatique et aux nouvelles technologies de communication, le monde est-il devenu un village, une maison commune.

Ce jour, beaucoup de villageois n'avaient pas pu aller dans les champs agricoles, à cause de la chaleur torride qui les exténuait. Ils s'étaient regroupés sous les ombrages des grands arbres qui furent plantés aux abords du village. A midi, lorsque le soleil était au zénith, ils virent venir vers eux une grande colombe, d'une blancheur immaculée, quittant sur la montagne sacrée. Elle ralentissait son élan au fur et à mesure qu'elle avançait vers eux. Curieusement à sa descente sur terre, elle prit la forme d'un vieillard chenu. Quelques vieilles personnes très avancées en âge le reconnurent. Cet homme n'avait pas de nom et de prénom connus. Il n'avait aucune autre habitation en dehors de celle troglodytique de la montagne sacrée. Il est l'ermite qui ne se laisse voir que par celui qu'il veut. Les paysans racontent qu'il vit dans les grottes de la montagne bien avant la création du village dont il en est le protecteur. Les générations transmettent que c'est lui qui a fait établir leur village en force et qu'il serait un génie. Sa présence surprenante parmi eux en ce moment de la journée et les formes par lesquelles il s'était montré amenaient les villageois éberlués à se poser tant de questions. Tous ceux qui étaient éloignés tressautaient à sa vue et accourraient vers lui. Son magnétisme imposait à tous un silence méditatif. Chacun cherchait à comprendre les raisons de sa présence fulgurante. Ils frémissaient de curiosité. Le vieil ermite avait l'air patibulaire, le visage d'un homme peiné. D'une voix affaiblie, il déclara : mes enfants, l'ère du feu est arrivée. Nous sommes au bord de l'abîme. Les quatre éléments naturels, le Feu, l'Air, l'Eau et la Terre sont dans une situation critique et très déplorable. L'équilibre est rompu par les hommes impénitents. Ce qui fera que l'Eau sera Terre et la Terre sera Eau ; l'Air sera Eau et l'Eau sera Air ; le Feu sera Air et l'Air sera Feu ; la Terre sera Feu et le Feu sera Terre. Maintenant, affirme-t-il, l'ère du Feu est revenue et elle entraînera trois cycles en fonction du degré de gravité. Nous tombons dans le gouffre.

Comme personne n'avait compris le sens de ses paroles en parabole, le chef de village lui dit : cher vieillard, protecteur de notre village, nous vous prions d'accepter de bien vouloir nous expliciter votre parole de sagesse combien énigmatique.

En guise de réponse, le vieillard dit : l'Eau donna la vie, comme celle du fœtus. Le Créateur révéla aux humains le secret de l'opposé de l'Eau : le Feu. Cependant, les hommes exagérèrent à la folie l'usage de ce Feu bénéfique qui a fini par consumer tout et vaporiser l'Eau, d'où ils sont sortis. Dès lors, la Terre sera Feu. Mais, les âmes de ceux qui ont poussé à cette exacerbation intolérable seront jetées dans la géhenne de ce magma de Feu. Par contre, pour les âmes méritantes, celles qui ont été graciées, une nouvelle vie dans le Créateur leur sera offerte. Après cette explication, il s'envola de la même façon qu'il fût venu.

Les villageois échangèrent sur le message du vieillard sans non plus parvenir à le décrypter. Ils savaient que l'ère était grave, puisque la nature avait commencé à se déchaîner contre tous les hommes. Ils estimaient que si ce langage abscons parvenait à être décrypté, ils y trouveraient des moyens pour sortir dans les affres de ce changement climatique. Nuit et jour, ils cherchaient inlassablement à comprendre ce message du vieil ermite qui est sûrement parti tout en sachant que son message n'était pas compris. Certainement, l'ermite voulait les mettre à l'épreuve, les amener à fournir de l'effort, à se mettre en route pour chercher. Est-il écrit : « Qui cherche trouve ».

Trois jours après le départ de l'ermite, un étranger d'un âge très avancé vint au village. Il était 12 heures pile. Il disait qu'il allait dans un village voisin, sans dire le nom de ce village et sans non plus révélé ses prénom et nom. La sueur emperlait son front. Il fut accompagné par deux villageois jusqu'au domicile du chef de village. Celui-ci partagea son repas avec lui et lui demanda d'y rester pour passer la nuit, car le soleil était encore accablant. Ainsi à l'aube, il pourrait paisiblement reprendre son chemin. Le vieillard accepta la proposition du chef de village. Une case fut mise à sa disposition pour le séjour.

Au coucher du soleil, le chef de village se rendit auprès de lui pour échanger. Dans les conversations, l'étranger, très attentif, trouva son logeur angoissé. Cette angoisse se sentait dans les expressions de son cœur et sur le visage. Il lui dit : tu es inquiet. Puis-je savoir ce qui te tourmente ? Bien sûr, répliqua le chef de village. Sans tarder, il lui transmit fidèlement le message de l'ermite. Celui-ci accepta volontairement de reporter son départ du lendemain matin à un autre jour, afin d'aider les villageois à comprendre le sens du message de l'ermite. Le chef de village fut soulagé. Il remercia l'étranger avant de le quitter. Ensemble, ils convinrent de se retrouver tous le lendemain à l'aube sous le grand baobab du village. Dans la soirée, tous les paysans furent informés pour venir à cette rencontre.

Quand le chef de village fut rentré chez lui, il se coucha sur son lit non pas pour dormir, mais pour réfléchir. Il croyait que c'est le même vieil ermite qui serait encore revenu par cet étranger. Les signes ne manquaient pas pour l'initié qui sait reconnaître. Sa nuit sera longue à cause des idées qu'il se faisait sur la personnalité de cet étranger et sur sa capacité pour décrypter le message. Il voulut que le matin arrivât le plutôt que possible.

A l'aube, les villageois se regroupèrent tous sous le grand baobab. Chacun venait avec son tabouret pour s'asseoir. Est-il dit : « Quand l'élève est prêt, le maître apparaît ». Pendant qu'ils étaient tous réunis au lieu indiqué, ils virent l'étranger venir, tout habillé en blanc. Ils se levèrent pour le saluer. Sa présence rasséréna les villageois. Lorsqu'il prit place au milieu d'eux, il leur fit ces révélations : quand vous pensez ardemment à la réalisation d'une chose juste, à laquelle vous vous employez corps et âme pour sa concrétisation, dans un esprit droit et avec un cœur pur, l'Univers vous enverra son aide. Puis, il leur dit : le chef de village m'a fait part de votre préoccupation salutaire qui consiste à vous révéler le sens d'un message occulte. Je suis donc là pour vous aider à comprendre ce message et je vous exhorte à prêter l'oreille.

L'étranger leur dit encore: le message parle des quatre éléments naturels : le feu, l'air, l'eau et la terre. Ces quatre éléments naturels sont la source de tout ce qui vit, évolue, meurt et se recrée. Chaque substance présente dans l'univers est constituée d'un ou plusieurs de ces éléments, en plus ou moins grande quantité. Ce qui explique le caractère plus ou moins volatil des quatre qualités élémentaires (le chaud, le froid, l'humide ou le sec) de chaque matière. Parmi les quatre qualités élémentaires, le chaud est l'opposé du froid et le sec est l'opposé de l'humide. Chaque élément naturel possède deux caractères : le feu (chaud et sec) ; l'air (chaud et humide) ; l'eau (froid et humide) et la terre (froid et sec). L'équilibre entre les caractères procure le bien-être, le bon maintien de la vie. Par contre, le déséquilibre entraîne la chute plus ou moins prononcée en fonction de l'étendue ou du degré de la gaffe. Les éléments qui ont une qualité élémentaire en commun peuvent se transformer l'un dans l'autre. Ainsi : l'eau peut être terre et la terre peut être eau ; l'air peut être eau et l'eau peut être air ; le feu peut être air et l'air peut être feu ; la terre peut être feu et le feu peut être terre.

Au début de la vie, poursuit-il, la terre était froide. Le règne animal commença dans l'eau. C'était l'ère du froid. Toutefois, pour favoriser le croissement des êtres vivants, le Créateur du monde alluma le feu. Le mécanisme de l'effet de serre d'origine naturelle se déclencha pour la régulation du climat propice à la vie.

Comme la vie nécessite changement, le Créateur mit à la disposition de l'humain le feu, afin qu'il en fasse un bon usage. Il le dota de capacités de raisonnement et le rendit libre.

Dans la recherche d'une vie confortable, voire hyper confortable et trop confortable, l'homme rehaussa exagérément la température moyenne de la terre suite à ses émissions de gaz à l'effet de serre, à travers ses industrialisations, ses consommations électriques, l'utilisation de l'énergie fossile, ses transports terrestres, maritimes et aériens, sa gestion du territoire, ses déchets toxiques, ses activités agropastorales, ses climatisations, ses chauffages, etc. Donc, cette exagération à la folie de l'usage des gaz à l'effet de serre par l'homme, provoque aujourd'hui le changement climatique. Nous sommes à l'ère du feu, comme en témoigne la vague de chaleur dans laquelle nous nous enlisons. Aussi, dois-je vous mettre en garde parce que dans l'esprit de beaucoup de personnes, le réchauffement climatique est un problème relativement simple et lointain qui veut dire seulement qu'il va faire plus chaud. Pourtant, les conséquences seront beaucoup plus profondes et fatales pour l'humanité et pour l'écosystème si l'on n'y prend pas garde. Je vous en dirai long sur les trois cycles de feu dont le message en parle. Mais à cause de la chaleur lancinante provoquée par les rayons de soleil ardent, je vous conseille de surseoir à notre entretien et nous reprendrons le lendemain matin. Chacun se leva pour rentrer chez soi.

Dans les concessions familiales et partout dans le village, les paysans continuaient à méditer sur les explications données par l'étranger. Ils échangèrent entre eux sur les thématiques développées au sujet des quatre éléments naturels et les quatre qualités élémentaires, ainsi que les caractères de chacun de ces quatre éléments naturels. Ils parlèrent aussi de l'équilibre au niveau de ces caractères et surtout du récit sur les origines de la vie, de l'espèce humaine et de l'effet de serre, ainsi que la justice qui sera rendue à la fin des temps. Dans l'attente de voir arriver l'aube, ils s'efforcèrent de comprendre le message sur les cycles de feu dont parle le message sur la base des connaissances qu'ils venaient de recevoir de l'étranger. Leurs idées seront-elles conformes à celles qui seront développées le lendemain matin par l'étranger ? Ils s'impatientaient tous pour en savoir davantage.

Le deuxième jour, les villageois se réunirent sous le baobab un peu plus tôt que la première fois, tellement qu'ils étaient désireux de connaître la suite du décryptage. Dès l'arrivée de l'étranger, ils se levèrent tous pour le saluer. Celui-ci prit place au milieu d'eux et poursuivit l'interprétation en disant ceci : l'ère du feu comportera trois cycles, à savoir : la chaleur, la vaporisation des eaux et le magma. Je vous parlerai aujourd'hui du premier cycle et le troisième jour, je terminerai en vous parlant des deux derniers cycles. Mais préalablement, je tiens à vous informer que tout ce qui sera dit est déjà connu par les hommes. Il n'y a rien de nouveau sous le soleil. Les hommes éclairés savent ce que demain sera fait. Les expériences et connaissances scientifiques, ainsi que les révélations qui sont gratuitement mises à la disposition de tous, portées à la connaissance du public, suffisent pour prédire l'avenir. Egalement, la raison, l'intuition et certaines sciences occultes permettent de connaître l'avenir en fonction de ce qui a été fait et de ce qui se fait au moment présent. Mais malheureusement, les hommes n'en tiennent pas compte jusqu'au jour du précipice entrainant le regret, alors qu'il aurait fallu veiller. « Veuillez pour ne pas rentrer en tentation. ». « La chair est faible, mais l'esprit est ardent. ». Ce sont là des paroles de mise en garde, de recommandation, de vigilances et de conseil données par le Seigneur Jésus Christ. Tout d'un coup, l'étranger fut pris par l'émotion. Il observa un petit temps de silence. Puis il affirma : quand on frôle la mort, on redécouvre la beauté de la vie, l'envie de vivre. De même quand on est malade, on redécouvre combien la santé est précieuse. Mais il arrive dès fois qu'il soit trop tard. Il informe ensuite que le spectre du changement climatique entraînera les horreurs suivantes :

*Le cycle de la chaleur : dans ce cycle, l'air perd peu à peu son caractère humide au profit du chaud (la chaleur), lequel se subdivisera en plusieurs variétés, selon les mesures de la participation et des mélanges. Il y aura trois variétés (la chaleur supportable, la chaleur moins supportable et la chaleur insupportable), dit-il.

-*La chaleur supportable* : nous sommes actuellement à cette étape, dit l'étranger. Puis, il ajouta : vous la reconnaitrai à travers les caractéristiques suivantes :

. Les écarts thermiques entre les saisons et continents sont moins marqués pour le moment.

. La dégradation de l'air, à cause de la pollution atmosphérique.

. Les terres émergées et les latitudes se réchauffent plus.

. La chaleur caniculaire de plus en plus fréquente entraîne des conditions climatiques sèches et chaudes favorisant les feux de brousses et de forêts, la fonte des glaciers de montagnes, la diminution de la couverture neigeuse et de la saison d'enneigement, la fonte de la banquise arctique, à cause de l'élévation de température plus accentuée.

. L'eau des glaciers fondus accéléra l'élévation des niveaux des océans, ce qui provoquera l'inondation des zones côtières, l'érosion côtière et la survenue de vents violents.

. Le régime hydraulique sera modifié par l'accélération du cycle évaporation-précipitation. Dans certains endroits du globe terrestre, il y aura des épisodes de froid.

. La survenue épisodique de cyclones, ouragans et inondations.

. D'ores et déjà, le vivant est affecté par ce réchauffement climatique, puisque des mouvements de milliers d'espèces sont de nos jours constatés sur tous les continents du monde.

. Egalement sur le plan de l'immigration, les réfugiés écologiques, environnementaux et climatiques (éco réfugiés) représentent des milliers de personnes.

Tout cela entraînera des modifications des cycles de vie et l'accroissement du risque d'extinction de certaines espèces vulnérables, ainsi que les décès de personnes affaiblies par les chaleurs récurrentes.

-*La chaleur moins supportable* : cette variété du cycle de la chaleur sera celle de la chaleur peu supportable. Elle sera caractérisée par :

. La fréquence, l'intensité et la durée des phénomènes (canicules, pénurie d'eau, sécheresse, etc.) seront de plus en plus accentuées.

. L'accentuation de l'érosion des littoraux, l'augmentation de la vulnérabilité aux tempêtes qui génèreront des inondations et la salinisation des littoraux qui seront impropres aux cultures.

. Les fontes prononcées des glaciers accompagnés par les glissements de terrain ou tremblement de terre affecteront les êtres et les infrastructures humaines.

. L'immersion de vastes terres, de certaines villes ou lieux d'habitation des hommes par les eaux maritimes.

. Les ouragans et cyclones puisant leurs forces de l'énergie dégagée par les océans seront d'une grande intensité et se décupleront avec l'augmentation de la chaleur terrestre.

. Les turbulences en avion seront plus fréquentes et catastrophiques.

. Tout comme les turbulences atmosphériques, les océans se déchaîneront. Ils se déferleront sur la terre qui a porté les humains et qui leur a permis de vivre.

. Les infrastructures, les constructions, les moyens de déplacement, les systèmes de soins de santé et les changements des modes de vie, etc., devront nécessairement s'adapter, ce qui sera extrêmement difficile, voire impossible sur certains endroits et pour certaines populations pauvres.

. Des centrales thermiques, certains futs de déchets radioactifs enfuis dans le sol, quelques armes thermonucléaires, bombes atomiques, seront fortement endommagés et certains s'éclateront sous l'effet de très graves catastrophes, ce qui augmentera davantage les effets dévastateurs de grandes ampleurs.

. L'acidification des océans intervenue depuis le début de l'ère industrielle va amener les océans à absorber trop d'émission anthropique de $CO_2$ dans leur rôle de régulateur. Cependant, cela se traduira par une augmentation de leur acidité. Ainsi, ils seront plus acides que n'a été leur acidité depuis des milliers d'années passées. Cette hausse exagérée entraînera le ralentissement de la croissance et la mort de certaines espèces aquatiques, telles que : les coraux, les plantons et autres, ainsi que la dissolution des coquilles des ptéropodes (minuscules escargots marins).

. La prolifération de maladies sous l'effet des vagues de chaleur et d'inondation qui pourront allonger la saison des transmissions des maladies propagées par les moustiques et celles diarrhéiques provoquées par les contaminations des eaux. D'autres maladies virulentes jusque-là inconnues des hommes surgiront.

. Le monde enregistrera des décès massifs, il y aura des charniers et l'extinction de milliers d'espèces animales, ainsi que la destruction de la flore.

. Les phénomènes météorologiques plus ou moins extrêmes entraîneront des conflits violents, à cause de la rareté des aliments de base ou des prix élevés de ces aliments et lorsque les forces de sécurité ne seront plus capables d'endiguer les pillages et de maintenir la sécurité.

. Le rendement agricole sera en baisse dans toutes les régions du monde, car les principales cultures céréalières mondiales (riz, maïs et blé) vont cruellement manquées.

. Le monde basculera alors dans l'extrême pauvreté, hélas ! Certains individus se suicideront. Est-il écrit qu'il arrivera des moments où des hommes souhaiteront que les montagnes leur tombent dessus. Pour eux, la vie n'aura pas de sens. La vie serait comme une corvée insupportable.

. Par contre, l'augmentation des niveaux de CO2 dans l'atmosphère pourrait être bénéfique sur les végétaux, en raison de l'effet fertilisant du $CO_2$ atmosphérique et l'augmentation de l'azote dans l'environnement.

. Aussi, les catastrophes climatiques peuvent-elles amener les hommes à renforcer leurs cohésions sociales, à s'entraider face aux obstacles.

-*La chaleur insupportable* : cette troisième et dernière variété de la chaleur connaitra les catastrophes suivantes :

. La fonte totale des glaciers. Hélas ! Les icebergs disparaitront à jamais. Cette chaleur insupportable mettra fin au monde glacier.

. L'éclatement des roches sous l'effet des variations brutales de température (la thermoclastie).

. La destruction ou l'éclatement total des centrales thermiques, des restes des bombes atomiques, des futs de déchets radioactifs et réacteurs nucléaires qui ne pourront plus résister à l'énormité de la chaleur sans précédente, ce qui décuplera à l'infini les effets des gaz à l'effet de serre.

. Cet effet de serre va entraîner la destruction des couches supérieures, la couche d'ozone.

. Les fentes ou déchirements du globe terrestre.

. L'atmosphère sera définitivement surchargée de gaz impropres à toute vie sur la terre.

. L'acidification des océans trop prononcée limitera la capacité des mers de la planète à produire de l'oxygène et à stocker le CO2, ce qui rendra l'effet de serre mortifère.

. Finalement, le fond des océans sera atteint par les gaz à l'effet de serre. Dès lors, l'air deviendra feu, lequel se subdivisera en trois sortes : flamme brûlante, la lumière et les résidus incandescents de la flamme (braise). Aucun vivant ne surpassera ou ne pourra résister à cette chaleur insupportable. Le monde sera englouti par le feu. Tout sera aplani, sans aucune exception. La vie ambiante sera détruite totalement.

Il était midi, le milieu de la journée, où le rayonnement du soleil avait atteint son maximum. Il faisait très chaud et à cause de la chaleur brûlante et épuisante, l'étranger demanda à son auditoire de prendre un repos. Il promit de plancher, le troisième jour, sur les deux derniers cycles de feu.

Les villageois devenaient de plus en plus inquiets et prenaient conscience de la gravité des émissions démesurées des gaz à l'effet de serre. Ils savent désormais que la vie est dangereusement menacée et que notre planète, ainsi que l'ensemble de son écosystème pourraient vite disparaître à jamais. Vers sa chute à grand pas, chaque jour s'achemine. Certains paysans pensaient que l'angoisse et l'inquiétude qui habitent l'humain seraient prémonitoires, des signes avant-coureurs annonçant cette destruction finale. Comme il se trouve que les hommes sont très intimement liés à la terre nourricière qui les porte, ils sentent d'ores et déjà la douleur de sa désolation dont ils sont coupables et s'en trouvent affectés par la télépathie de cette destruction finale à venir.

Le troisième jour, dès les premiers chants de coqs, les villageois partaient prendre place au lieu habituel, encore un peu plutôt que les précédents jours. Ils étaient vraiment en quête de la connaissance et Dieu leur avait  envoyé le bon maître pour les éclairer. Il y avait de l'engouement, le désir, la soif d'apprendre. Ils s'intéressaient tous à la question existentielle que les gaz à l'effet de serre suscitaient en eux. Mais cette fois-ci, l'étranger les précéda. Ils le trouvèrent assis, les bras croisés et les yeux fermés sous le grand baobab. Peut-être, était-il en méditation. Ils le saluèrent doucement avant de s'asseoir auprès de lui. Celui-ci leur déclara : aujourd'hui, je termine le travail d'interprétation du message de l'ermite. Voici les deux derniers cycles de feu :

* Le cycle de la vaporisation : les eaux sur la surface de la terre et les eaux souterraines seront totalement vaporisées. Elles disparaîtront forcément. Les flammes de feu, les lumières de feu et les braises de feu des montagnes, des infrastructures humaines, de tous les corps solides se verseront résolument sur ces eaux pour les faire dissiper à jamais. Héla ! Plus rien ne restera debout.

*<u>Enfin, viendra le troisième cycle final de feu</u> : la terre deviendra feu et le feu deviendra terre. Le magma originel, où brûleront les âmes de ceux qui ont commis ce crime crapuleux et l'ouverture d'une nouvelle vie dans le Créateur pour les âmes méritantes, celles qui seront graciées.

A la prononciation du dernier mot, un calme méditatif s'empara des paysans. Il survint un brouillard accompagné de fines pluies faiblement réchauffées par la chaleur qui se dégageait du groupe. Cette bienfaisance les plongea tous dans une totale relaxation qui les mit dans un état d'hypnose collective. Après le réveil, ils eurent des sensations agréables de joie et de paix profondes. Une sorte d'extase indescriptible. Ils étaient tellement contents qu'ils ne fussent pas arrivés à ce terminus sombre de l'humanité et du monde. Enthousiasmés, ils se disaient : Ah ! Combien il est bon de vivre. La vie est belle ! Non, je ne veux pas avoir une fin tragique et mourir dans le feu.

Très curieusement, à la place de l'étranger, il n'y avait plus personne. Ils regardèrent tout autour d'eux,  mais celui-ci avait miraculeusement disparu au milieu d'eux. Où était-il donc allé ? D'où venait-il ? Qui était-il ? Pourquoi ? Tant de questions et d'idées traversèrent leurs esprits et ils n'avaient pas de réponses.

Les villageois étaient informés et suffisamment conscientisés sur les graves dangers que les gaz à l'effet de serre pourraient entraîner. Séance tenante, dans la même ferveur et d'une même voix, ils se disaient encore: atténuons les gaz à l'effet de serre et adaptons-nous. Ils convinrent de se retrouver, après les travaux champêtres, au clair de lune, pour prendre des décisions urgentes.

# 8 - Atténuation et adaptation

Dans la soirée, après les repas, les villageois se retrouvèrent tous chez le chef de village. L'un des conseillers du village, le vieux Holomo, prit la parole pour faire les bénédictions d'usage avant de commencer les échanges sur ce qui les réunit. Il commença par rendre hommage à l'étranger qui, selon lui, n'était que le vieil ermite revenu. Il fit savoir que la canne de celui-ci, son habillement, sa sobriété, sa simplicité, sa science occulte, son amour pour les autres, le magnétisme qui l'entourait et tant de signes démontraient à suffisance que c'était la même personne. Ou alors, la présence de l'étranger au village obéissait à la loi de l'Amour. Car, le vieil ermite quittait le village tout en sachant que son message n'était pas compris et qu'il était nécessaire de nous révéler le sens dudit message. Notre persévérance dans la recherche aurait donc porté fruit par l'envoi de cet étranger. Il remercia également les villageois de leur présence. Enfin, il lança le débat en ces termes : que vaut un message, bon soit-il, s'il n'est pas mis en pratique. Le chef de village enchaîna : comme le sens du message nous a été révélé par l'étranger, qu'allons-nous faire concrètement ? Pour moi, le pire des choses à faire est de ne rien faire et l'on n'a jamais rien sans effort, affirme-t-il. Puis il ajouta : Que la parole circule !

De tous les côtés, les villageois s'exprimèrent librement. Les interventions furent nombreuses et enrichissantes. Après qu'ils aient fini d'échanger, le chef de village prit à nouveau la parole pour faire adopter leurs volontés communes suivantes :

- Poursuivre résolument les reboisements commencés par les devanciers qui se trouvent maintenant dans l'autre monde.


- Toujours préserver l'écosystème de la forêt sacrée, les jardins botaniques et les parcs que les aînés nous ont légués et en créer d'autres pour en avoir plusieurs.


- L'acceptation par chacun et par tous, afin d'assumer la fonction de garde forestier pour le bien du village, du pays, du continent et du monde entier.


- L'utilisation obligatoire des foyers améliorés dans toutes les concessions villageoises.

- L'investissement dans les énergies renouvelables et dans le développement durable.

- L'utilisation des emballages biodégradables.

- Bannir le gaspillage et l'égoïsme qui font perdre la liberté et qui rendent les hommes esclaves de l'argent.

- Adopter un bon système de recyclage des déchets et rendre le village propre.

- Continuer toujours à améliorer et à diversifier intelligemment les activités agropastorales.

- Faire raviver de plus bel l'esprit du village par la pratique des vertus traditionnelles.

- Interpeler et conscientiser les gros pollueurs de ce monde. Les mettre devant leurs responsabilités.

- Glorifier le travail respectueux de l'environnement et préserver l'unité, en s'aimant les uns les autres.

Toutes ces décisions furent applaudies par l'ensemble des villageois. A la fin de ces échanges fructueux, le chef de village convia tous à venir participer au sacrifice qui serait célébré le lendemain, pour implorer et demander les grâces divines et solliciter l'aide des ancêtres, ainsi que des génies protecteurs. Cela fut réalisé. Un banquet fut offert par le chef de village. Les moments des repas communautaires permettent toujours aux villageois de bien manger et de boire ensemble, pour renforcer leur unité et pour promouvoir la fraternité, l'amour du prochain et la paix dans le village.

Après les joyeuses agapes et avant que chacun ne parte dans son champ, la petite fille Zéboulu fit ce poème pour la cause de la forêt :

*Regardez-moi ! Je suis forestière*

*Ma forêt est le nombril de ma terre*

*Qui me donne la vie entière*

*Le silence dans la forêt est préférable aux bruits de la ville*

*Les vrombissements, les cris de tous côtés dans la cité indisposent*

*Tandis que mon écosystème éveille en moi le réel*


*Les vibrations de la nature prédisposent à la méditation*

*Le silence qui y règne crée la communion*

*Laquelle nous plonge dans l'admiration*


*C'est le lieu de l'initiation Traditionnelle*

*Où la foi prend le dessus sur le rationnel*

*Là, on y retrouve l'harmonie originelle*


*Aussi, la forêt évoque-t-elle en moi la virginité*

*N'est-ce pas l'endroit de pureté tant aimé ?*

*Où rien n'a été frelaté*


*C'est un temple véritable*

*Où la terre et le ciel se rencontrent*

*Pour rendre possible la vie éternelle*


Pendant que les villageois menaient sans répit le combat quotidien contre le changement climatique, certaines populations insouciantes et incrédules, dispersées sur la terre, ne se préoccupaient guère des conséquences de leurs émissions de gaz à l'effet de serre. Leurs cœurs s'étaient endurcis par l'égoïsme, par la folie des grandeurs, par le gaspillage, par les émissions excessives des gaz à l'effet de serre, par la recherche démesurée du plaisir, par la course effrénée vers le luxe extravagant, vers l'aisance débordante dans le mépris de l'autre et de l'écosystème, par leurs déchets toxiques produits dans les industries chimiques et d'armes hyper sophistiquées. Il en est résulté un réchauffement climatique peu supportable. Partout dans le monde, sauf quelques rares endroits, la vie s'en trouvait gravement atteinte, comme un malade qui fait son AVC. On n'entendait que des horreurs : les catastrophes, les inondations, les érosions côtières, les ouragans, les cyclones, les volcans, les glissements de terrain, les épidémies, les turbulences dans l'atmosphère, les feux de forêts, les incendies des infrastructures ou constructions humaines, l'ensablement, la pénurie d'eau, les famines, l'extrême pauvreté, les conflits, les guerres, les scènes macabres, les morts massifs d'hommes et d'espèces animales, les effets nocifs des bombes atomiques et les futs de déchets radioactifs enfuis dans le sol, ainsi que les réacteurs nucléaires fortement endommagés, …

Avant que les vols des avions et les circulations ne deviennent impossibles, quelques hommes blancs passèrent par de nombreuses tribulations avant de venir dans le village pour chercher l'asile. Ils furent bien accueillis par les villageois qui leur offrirent l'hospitalité. Les blancs s'étaient facilement intégrés à la vie paysanne qu'ils qualifiaient d'humaniste, bonne et vertueuse. Ils étaient particulièrement impressionnés par la simplicité, l'hospitalité et l'amour que les villageois manifestaient à leurs égards et surtout par leur culture de paix et d'harmonie. De leur côté, les villageois trouvaient en eux des cœurs sensibles, aimants et de grands esprits, de grandes intelligences. Ensemble, ils se complétaient et ils étaient tous convaincus que le cheminement du retour au commencement initiatique crée le bonheur véritable : l'unité et l'harmonie entre le tout. Ensemble, ils partagèrent le même esprit communautaire qui leur a permis de prolonger la vie harmonieuse dans le village. Mais comme l'avenir présageait un mauvais augure, ils avaient tous mis fin à la procréation. Ils étaient convaincus qu'il n'était plus bon de continuer à faire des enfants. La raison simple est qu'ils seront dans l'incapacité absolue d'assurer le bien-être de ceux qui seraient nés. Ils estimèrent que l'irresponsabilité des hommes a plongé le monde dans une fournaise de feu et qu'ils se rendraient encore coupables en faisant des bébés qui viendraient pour tisonner davantage cette béante fournaise insatiable. Ils étaient tous devenus des moines et ils vivaient dans la sobriété et dans la prière. Dans Matthieu 4,4 « Il est écrit : ce n'est pas de pain seul que vivra l'homme, mais de toute parole qui sort de la bouche de Dieu ». Ils renforcèrent leur unité et privilégièrent la spiritualité. Ils se détournèrent de l'esprit matérialiste qui a totalement corrompu tout et détruit les richesses naturelles, sans même arriver à vaincre l'extrême pauvreté dans le monde.

Comme la chaleur devenait de plus en plus insupportable et les habitations inadaptées commençaient à prendre feu, les villageois partaient se réfugier dans leurs forêts reboisées, où la vie était encore possible. Il était absolument impossible de vouloir faire d'autres infrastructures à ce moment de fournaise de feu. La chaleur n'avait pas de trêve. Leurs victuailles s'amenuisaient considérablement. Ils ne vivaient que de leurs maigres récoltes, des feuilles, des racines et des fruits de la flore, ainsi que les aliments que la faune leur procurait. Mais, ils prenaient soins de leur écosystème pour lui éviter la destruction par l'égoïsme. Ils étaient donc décidés à garder leur écosystème jusqu'à la fin des temps. La marcescence des plantes, l'amaigrissement des animaux étaient les tristes réalités quotidiennes. Les villageois devenaient, eux-aussi, trop maigres. L'intensité de la chaleur s'accentuait indéfiniment. La chaleur était permanente le jour comme la nuit. Leurs corps étaient endoloris par la chaleur du feu. Il n'y avait plus de repos. Le monde frelaté était agonisant. Un monde décati. Cependant, ils parvenaient de temps à temps à se procurer du bonheur, à avoir le calme, à soigner leurs maladies, à changer certains événements de leur vie par les moyens occultes, par le magnétisme, par l'hypnose, par la magie lumineuse, par la kabbale, par la théurgie et l'illumination qu'ils avaient heureusement appris. Tous ceux qui excellaient dans les techniques d'apaisement et d'épanouissement apprenaient les autres. Les connaissances occultes étaient mises à la disposition du public sans discrimination, afin de parvenir, plus ou moins, à l'atténuation des effets du changement climatique et à l'adaptation qui s'imposaient. Pour eux, le mythe de sciences occultes qui seraient réservées aux seuls intellectuels est injuste, égoïste et mensonger. Car tout homme est perfectible. La vérité n'est pas réservée qu'aux seuls intellectuels. Donc, le langage de la recherche de la vérité doit être rendu simple, compréhensible pour faire bénéficier tout le monde ou au moins la majeure partie des hommes sans discrimination. La survie de notre planète est à ce prix. Ils étaient conscients que le temps était d'une gravité extrême sans pareil. Chaque seconde qui passait, approchait le monde vers sa fin tragique. Ils justifiaient leur opinion par le fait que leur frère et ami, le Seigneur Jésus Christ, n'a pas réservé sa Bonne Nouvelle à un groupe de personnes, à une catégorie d'hommes qui serait privilégiée. Bien au contraire, il a proclamé la Bonne Nouvelle partout où il passait et il a demandé à ses disciples d'en faire autant. Ainsi, l'Evangile, Parole de vie, est proclamé à toutes les races humaines, à toutes les cultures humaines, dans tous les continents et à tout homme. Ce qui sauve véritablement et donne vie doit être à la portée de tous. Concluent-ils.

Comme la vie était insupportable et que le village vivait ses derniers instants avant la parousie, les villageois se mettaient à pratiquer la télépathie, un moyen de perception extra sensorielle, en communiquant directement leurs sentiments de cœur et de pensées à l'ermite, qui a mainte fois sauvé le village face à certaines difficultés du monde, malgré la distance qui les séparait. Les émotions de leurs entrailles lui furent effectivement transmises. Le vieil ermite décrypta leurs messages extra sensoriels et se mit en route pour leur venir en aide, au péril de sa vie. Car la chaleur était maintenant en sa phase insupportable. Les odeurs méphitiques des bombes atomiques et des déchets radioactifs et autres répandus faisaient de la terre, hélas ! Un no man's land.

Pendant qu'ils étaient emmurés dans leur habitation naturelle (les forêts reboisées), ils virent de loin un vieil homme, vêtu en tunique rouge, marchant pieds nus, une canne en main, sans besace et rien d'autre. Alors, parut l'homme dont ils rêvaient. La plus petite fille parmi eux, Zéboulu, cria d'une voix très forte : « Ya ka ! » (Le voilà !). Je le sais, en indexant l'ermite qui venait vers eux. Ils étaient dans l'incapacité totale de venir à sa rencontre, à cause du feu qui brûlait et de l'odeur âcre des fumées. Il est de coutume que lorsqu'un aîné quitte de loin pour venir chez soi, l'on doit se lever pour l'accueillir en allant à sa rencontre. Mais toute règle a sa limite. Il y avait là une exception, à cause du feu qui sévissait au dehors. Quant à l'ermite, il tenait bon et s'avançait résolument vers son peuple.

A la présence de l'ermite, les cases et constructions des paysans s'enflammaient. Mais, il réussit à les rejoindre et à s'asseoir au milieu d'eux dans les forêts reboisées. Il n'était qu'un homme, mais un illuminé, prouvant ainsi que la perfection était bel et bien possible sur cette vie terrestre. Les villageois l'entourèrent et le cercle se forma au tour de lui. L'aura qui se communiquait et qui les enveloppait était comme un bouclier protecteur contre la chaleur. Le climat devenait lénifiant auprès de cet ermite illuminé qui avait atteint un très haut niveau de spiritualité. Le vieil ermite déclara : l'ère du feu a sonné. Les hommes se sont montrés ingrats envers la nature. Pire, ils ont rompu leurs liens intimes avec celle-ci, afin de l'asservir à leur guise. Ils ont abandonné la voie initiatique, au profit des choses matérielles qui brillent de tous leurs éclats trompeurs. La voie spirituelle qui ne devrait pas être mise à l'écart aurait permis de guider dans la construction et dans les créativités des hommes. L'irresponsabilité des hommes est la cause de ce feu incendiaire. L'humain ne voulait plus les créatures et le Créateur. Finalement, le matérialisme n'a rien apporté d'utile pour comprendre l'esprit humain. Toutefois, dit-il, il n'est jamais trop tard pour bien faire et il n'est rien d'impossible à qui a de la volonté. Il donna l'exemple du « bon larron » dans les Evangiles. Le voleur cloué sur la croix à cause de ses mauvais comportements. Mais, il fut instantanément pardonné de tous ses péchés, à cause de sa foi en Jésus Christ, lequel fut aussi mis sur la croix et placé entre ce « bon larron » et un autre voleur également cloué sur la croix. Il donna aussi le bon exemple de « l'enfant prodigue » qui demanda à son père de lui remettre sa part d'héritage et qui, par la suite, en fera un mauvais usage jusqu'à finir tout ce qu'il avait. N'ayant plus rien et après tant de souffrances et de gaffes, il décida de se retourner vers son père pour avoir son pardon, pour bénéficier de sa miséricorde. Il alla chez son père et celui-ci le pardonna et lui fit un repas copieux. Aussi dans la sagesse Kpèlè, est-il dit que quel que soit le mauvais comportement de son enfant, on ne peut le jeter dans la forêt (Lon nyön bili löghö hvo ma), parce que l'enfant est le fruit de l'amour de ses parents, il est fait à leur ressemblance. Le jeter, c'est se rejeter eux-mêmes. Puis, il dit : je dois vous quitter bientôt, pendant que le feu sera à sa première phase de flamme brûlante. J'irai précéder les neuf autres sages au lieu où la vie communautaire de l'espèce humaine a commencé avant que les hommes n'entreprennent des voyages pour aller partout dans le monde. Là-bas, dit-il, nous nous évertuerons pour sauver le monde suivant un timing précis et court de sept jours. Voici comment nous procèderons :

- 1$^{er}$ jour : chaque continent enverra deux sages parmi les plus justes d'entre ses fils, dont une femme et un homme. Donc, nous y serons dix en nombre paritaire.

- 2$^{ème}$ jour : les deux individus envoyés par chacun des cinq continents doivent se pardonner et s'aimer véritablement afin qu'ils deviennent un, d'une part et qu'ils doivent communiquer cet amour parfait aux ressortissants de leur continent, afin qu'ils soient tous unis dans le même amour, d'autre part.

- 3$^{ème}$ jour : les dix sages des cinq continents doivent, à leur tour, se pardonner et s'aimer les uns les autres pour qu'ils deviennent un, d'une part et qu'ils doivent partager le même amour à toutes les populations des cinq continents du monde, d'autre part.

- 4$^{ème}$ jour : tous les humains sur la terre doivent demeurer dans cet amour unitaire et l'étendre à l'écosystème.  Les hommes doivent réussir dans la réalisation de ce rêve pendant que le feu est encore à sa phase de flamme brûlante.

- 5$^{ème}$ jour : quand le feu sera à sa deuxième phase, celle de la lumière, les humains pourront dans l'unité et d'une même voix s'adresser à Dieu, le Père, pour le prier et pour lui demander sa miséricorde paternelle.

- 6<sup>ème</sup> jour : acceptés dans l'amour Divin et redevenus hommes de lumière, ils pourront recréer par la parole créatrice. Ils connaîtront et sauront les pouvoirs illimités enfuis en eux et continueront l'œuvre créatrice de Dieu. Ainsi, ils demanderont aux montagnes de resurgir, au feu de s'éteindre, à la faune et à la flore de se diversifier en abondance, …

- 7<sup>ème</sup> jour : dans la lumière Divine, les hommes glorifieront et adoreront leur Dieu. Ils s'émerveilleront de tout ce qu'ils auront fait ensemble avec Lui.

Cependant, le vieil ermite avisa qu'il serait trop tard, lorsque le feu sera à sa phase finale : la braise (résidus incandescent de la flamme), d'où la nécessité d'agir vite.

Quand il a fini de donner ces explications, la fillette, Zéboulu, qui était la première à annoncer son arrivée aux villageois pendant la fournaise de feu, lui dit : Maître, je n'ai pas encore bien saisi le cheminement initiatique. Veuillez m'aider davantage à mieux comprendre. Le vieil ermite lui répond : je m'en vais alors vous révéler les principales idées que vous compléterez par vos méditations. Voici les grandes lignes :

. Dieu a dit à Abraham qu'il renoncerait à faire le mal et qu'il pardonnerait les hommes si au moins il trouverait parmi eux dix (10) qui seraient vraiment justes. Gn 18, 22-23 : « Les hommes partirent de là et allèrent à Sodome. Yahvé se tenait encore devant Abraham. Celui-ci s'approcha et dit : « Vas-tu vraiment supprimer le juste avec le pécheur ? ». Gn 18,32 : Il dit : « Que mon Seigneur ne s'irrite pas et je parlerai une dernière fois : peut-être s'en trouvera-t-il dix », et il répondit : « Je ne détruirai pas, à cause des dix. ».

. Aussi dans les Evangiles, est-il écrit : « La Grâce a surabondé, là où le péché a abondé. ». Rm 5,20 : « La loi, elle, est intervenue pour que se multipliât la faute ; mais où le péché s'est multiplié, la grâce a surabondé. ».

. Le nombre dix est un chiffre parfait.

. Les sept (7) jours représentent les temps du travail et du repos. C'est le temps de la création par Dieu. Il est également le temps de création par les hommes. Le temps de la production et du repos.

. Le nombre cinq représente les cinq continents que les voyages des hommes ont permis de découvrir et d'y habiter. Il représente donc la plénitude de l'homme dans sa réalisation.

. Il y a des hommes justes et vertueux dans tous les continents, dans toutes les civilisations et dans toutes les cultures humaines.

. Il est nécessaire pour les hommes de s'élever sur l'échelle des valeurs et d'avancer mains dans les mains vers la Perfection.

. L'Amour résume toutes les vertus : nous aimer les uns les autres.

. L'Amour parfait tend à l'unité, une unité dans la diversité.

. L'Amour commence dans la famille et doit nécessairement s'étendre à la communauté, à la nation, au continent, à l'écosystème, au monde entier et à Dieu. La communion entre les hommes et Dieu, tous dans un même Amour.

. L'égoïsme est la source de tous les vices.

. La femme et l'homme sont égaux et doivent nécessairement se compléter.

. La nécessité de vivre en symbiose, en harmonie avec l'écosystème.

. La flamme brûlante symbolise la purification.

. Dieu est toujours là pour nous, à tout instant de notre vie, il suffit d'accepter de revenir à lui.

. La Lumière symbolise le règne de Dieu, …

Ainsi dit et nulle autre parole à demander, l'ermite pouvait entreprendre son long voyage initiatique. Mais avant de se mettre en route, il sentit la nécessité pour faire déplacer la population dans les forêts reboisées déjà trop fragilisées, qui pourraient prendre feu à tout moment, vers la forêt sacrée du village, où rien n'avait été détruit par les hommes. C'était une forêt primaire.

L'énormité indescriptible des gaz engloutissait inexorablement le H2O pour le faire disparaître pour toujours. On anhélait à peine et imaginait si le temps des humains finirait-il par le coup fatal ou le dernier coup chao qui serait définitivement porté par une asphyxie générale. En tout cas, une autre créature monstrueuse naissait et elle ressemblait aux gaz de Venus où la vie n'a pas été possible. L'hypnose collective et les pouvoirs illimités de la pensée, ainsi que les anciens mystères occultes permirent à l'ermite de faire passer ses sœurs et frères de la fournaise, pendant que le feu était en flamme, jusqu'à la forêt sacrée qui n'était pas très loin de leur habitation. Lorsqu'ils arrivèrent au centre de la forêt sacrée, encore vierge, il leur dit encore : avant de m'en aller, je vous ai rédigé une planche sur certaines vérités que vous êtes sensés connaître. Vous trouverez écrit ceci :

L'Esprit crée la matière et la couvre. Dieu est Esprit et il est le créateur de tout (l'univers visible et le monde invisible). Tout ce qu'il a créé est bon. Il est Père et Il est Bon. Parmi toutes ses créatures terrestres dans le monde visible, il privilégia l'homme. Contrairement aux animaux et végétaux, ainsi que les créatures inanimées, il rendit l'homme libre de sa propre évolution et le dota des facultés psychiques et de raisonnement à son image. Etant une créature, l'homme est donc soumis à la loi du changement, excepté la flamme divine en lui. Curieusement dans ses épisodes d'aventure terrestre, tantôt il s'unit à son Créateur, tantôt il s'en écarte.

Héla ! Dans son délire, il s'est fondé sur la matière illusoire et la majeure partie de ses productions scientifiques, culturelles et autres se sont appuyées sur sa vision matérialiste, laquelle ne peut suffire à tout expliquer ou à démontrer l'inexplicable. Cette inclination vers le matérialisme a dilapidé et corrompu tout. Ainsi, l'homme s'est éloigné du réel, de l'héritage spirituel et écologique. Ce cheminement faussé explique le précipice dans lequel l'effet de serre nous plonge.

L'homme prométhéen provoque le divorce avec son Créateur et croit désormais tout comprendre, avoir le pouvoir et le droit absolus sur l'univers qu'il tente de le maîtriser à son gré. Il se refait en anti Dieu et crée des rapports de forces, de classes, d'oppositions, de domination, d'asservissement à ses caprices. De telle sorte, il perd l'essentiel : l'accueil de la divinité en lui, ce qui entraîne actuellement notre monde à la faillite, par la ruine de l'unité.

Pourtant l'homme en venant dans ce monde a été chargé d'une mission essentielle : servir, aimer et préserver l'unité foncière des êtres et des choses. La mémoire universelle, en tout cas, les mémoires accumulées dans les chromosomes, dans le code génétique révèleront à l'homme l'unité dans laquelle il s'inscrit.

Donc, l'homo sapiens/démens doit maintenant savoir, sans tarder, qu'il n'est vraiment pas le seul dans ce monde. L'univers dans lequel il vit, a ses lois naturelles auxquelles il doit respecter pour éviter le désordre et les catastrophes.

Très malheureusement, à cause des comportements crapuleux de quelques-uns qui se trouvent être les plus puissants sur la terre, le monde tombe en ruine, alors que la vocation de l'homme est plutôt de rendre à ce monde sa finalité qualitative.

D'où la revalorisation urgente de nos facultés psychiques et dons qui nous sont offerts par Dieu, afin de nous aider à nous dépasser, à nous transcender pour avoir le bonheur qui n'existe que dans le dépassement. La nécessité de nous aimer les uns les autres et aimer, c'est se surpasser.

Oui ! Nous avons des facultés spirituelles et intuitives à mieux développer et tant d'autres à déceler, une conscience qui ne demande qu'à s'épanouir. Aussi, avons-nous le devoir sacré de faire le bon usage de nos dons ou facultés que Dieu nous donne, à savoir : la lucidité, la clairvoyance, la psychométrie, le magnétisme, la télépathie, la télékinésie, la radiesthésie, la bilocation ou dédoublement (le don d'ubiquité permettant à un individu d'être présent à même temps dans plusieurs endroits différents), le don de la guérison, d'exorcisme, etc. Ce sont des facultés lumineuses qui, depuis la nuit des temps, excitent l'imagination des hommes, mais dont certaines d'entre elles furent diabolisées par des religions néfastes au syncrétisme et rejetées par les sciences modernes.

Ces facultés sont en chacun de nous à des degrés différents. Il est également possible de s'élever spirituellement au moyen des techniques d'épanouissement humain pour tendre vers la perfection. Autant dire que l'homme est bel et bien réceptif à la totalité, à l'univers, à la présence divine. Tout dépend de notre sensibilité à percevoir, à s'ouvrir avec discernement. Cependant, les dons divins doivent nécessairement être utilisés pour le bien. Car, nous ne pourrons pas nous élever spirituellement si nous poursuivons des buts égoïstes, si nos intentions ne sont pas pures et justes.

Juste après la proclamation de ce message, il fixa d'un seul coup de main droite sa canne kabbalistique dans la terre vierge de la forêt sacrée. Il leur conseilla de ne pas s'en éloigner et de demeurer dans la longanimité, dans l'amour et dans la prière. Puis, il s'est instantanément rendu invisible à leurs yeux, d'une façon miraculeuse.

Dans l'attente d'un lendemain meilleur, paisible et en ayant toujours le même leitmotiv, les villageois restaient tous rassemblés dans la communauté et concentrés dans l'amour, dans la méditation et dans la prière. Une nouvelle école de spiritualité prit naissance et leur permettait de percevoir, de communier et de participer malgré les distances, à la progression de ces valeureux chevaliers, de ces femmes et hommes justes et vertueux, partis sur les flammes de feu, afin de bâtir un monde nouveau : celui de la Lumière, où les hommes éprouvés et réconciliés avec la nature s'aiment les uns les autres, tenant les mains des plus faibles d'entre eux, pour avancer ensemble vers Dieu le Père Eternel.

Oh ! Oui ! On s'en ira où va le jour et également où va la nuit.

Tout fut perdu, fors la foi.

Dans le silence méditatif et du plus profond de leurs cœurs, remontait cette voix mélodieuse :

*Homme, qui es-tu ?*

*Evertues-toi à te connaître*

*Et tu connaîtras la nature*

*D'où tu es venu*

*En toi se trouvent des potentialités immenses*

*Mais laisses-toi guider par l'Esprit*

*C'est la voie pour maintenir l'harmonie*

*Et tu vivras dans l'abondance*

*Décides-toi aujourd'hui à vaincre ton égoïsme*

*L'égo qui te fait exagérer tes émissions de gaz à effet de serre*

*Bats-toi pour promouvoir la vie sur la terre*

*Et on parlera de ta sagesse et de ton héroïsme*

*Le terminus de l'histoire est l'ère du jugement dernier*

*Le subconscient témoignera de tout ce qu'il a enregistré*

*C'est le moment suprême de la vérité*

*Chacun sera mis devant sa responsabilité*

*Accepte donc de t'élever sur l'échelle des valeurs*

*Ainsi, tu pourras ressembler à ton Seigneur*

*Avec lui, tu vaincras le tentateur*

*Et tu vivras pour toujours*

Ah ! Si tu savais combien Dieu t'aime

Et combien Il privilégie là race humaine

Tu serais amené à aimer l'autre comme toi-même

Et tu étendrais cet amour à ton écosystème


Oriente le changement pour construire l'avenir

Que le passé t'aide à vivre le présent et celui à venir

Cela t'évitera de faillir

Et de laisser ton âme mourir


L'épreuve de feu t'a purifié

Sois responsable et engages-toi sur le chemin de la spiritualité

La voie qui fait connaître les pouvoirs illimités de la pensée

Ainsi, l'Esprit qui t'est donné te fera changer les réalités


Mais si tu tombes

Va vers Dieu, afin qu'Il t'accorde sa miséricorde

Car sa Grâce surabonde

Là où les péchés abondent.


Et dans le ciel bleu, se dressèrent des nuages

Semblables aux montagnes de neiges

D'une blancheur immaculée et vierge


L'environnement de pureté, de paix

Et le silence, ainsi que l'harmonie qui y régnait

Etaient d'une beauté sans pareil avec un climat doux et frais

*Aux cimes de ces élévations somptueuses*

*Il était tendu une main ouverte, sublime et majestueuse*

*Encourageant l'avancement vers la Bonté du Père affectueux.*

# Table of Contents


1 - La vie communautaire dans le village ............... 5

2 - Bonne Année ! ............... 12

3- Le Contraste ............... 21

4 - Le changement climatique ............... 24

5 - De la responsabilité ............... 34

6 - Changement dans la paix et pour la paix ............... 42

7 - Changement dans l'atrocité ............... 46

8 - Atténuation et adaptation ............... 57

## **Bibliographie :**

- Mon rêve pour l'Union Africaine. Publié le 2/01/2018 par les Editions Universitaires Européennes. ISBN : 978-620-2-27486-9.
- Syncrétiste ! Publié le 22/01/2019 par les Editions Muse. ISBN : 978-620-2-29309-9.
- La Bible de Jérusalem. Editions du CERF.1984.
- https://www.faisonslepoureux
- https://www.notr-planete.info
- https://e-rse.net
- https://www.cnews.fr
- https://www.ecologique-solidaire.gouv.fr
- https://fr.m.wikipedia.org  Quatre éléments-wikipédia
- https://www.artsevensun.unblog.fr La symbolique des couleurs des masques africains
- https://www.descauriesdanslatete.over-blog.com les différents instruments d'Afrique de l'ouest
- Le Petit Larousse Illustré 2017.

<u>**Résumé :**</u>

Le vieux Tahé accueille ses petits-fils venus en vacances au village. Il profite de cette occasion privilégiée pour leur transmettre le dépôt Traditionnel qu'il a reçu de ses ancêtres. Il leur explique la nécessité de faire raviver l'esprit du village actuellement en prise avec le changement climatique. Eprouvés par le feu, les villageois doivent inlassablement se battre pour atténuer l'effet de serre et pour s'adapter aux conséquences gravissimes du  réchauffement climatique, afin de ralentir le processus de la désintégration ou de la fin tragique du monde. D'où la nécessité pour chacun et pour tous, surtout pour les gros pollueurs du monde, d'assumer nos responsabilités et de s'engager désormais dans le sentier de construction harmonieuse du monde.

<u>**Biographie d'auteur :**</u>

Maître Joseph Kolèmou, Avocat, effectua ses études primaires, secondaires et le lycée en Guinée. Après le cycle philosophique à St Augustin de Bamako, il revint dans son pays où il obtint la Maîtrise en Droit et le CAPA. Il est l'auteur des ouvrages : Mon rêve pour l'Union Africaine et Syncrétiste ! Disponibles dans la Librairie d'Amazone et ailleurs.